KB103402

나는 에르덴조 사원에 없다

나는 에르덴조 사원에 없다

고 형 렬 시 집

창비

차 례

장미가 책이 008

투명유리컵의 장미 009

푸른미선나무의 시 010

달개비들의 여름 청각 012

오늘은 죽을 먹는 토요일이다 014

전기모기채 016

백척간두의 까치 낯짝 017

재미나는 여자들의 정낭 018

브롱크스 장터를 간 시인 020

봉새처럼 022

풀이 보이지 않는다 024

육체의 씨뮬레이션 026

어느날은 투명유리창의 이것만이 028

한번 불러본 인간 송장의 노래 029

서 있는 내부의 빌딩들 032

조그만 수조의 형광물고기 034

가재 036

서서 별을 사진찍다 038

수박 041

손톱 깎는 한 동물의 아침 044

우리집 전신거울 여자 046

광합성에 대한 긍정의 시 048

서 있는 터럭에 대한 감상(感傷) 051

비정치적 남양주시 052

저 깊은 곳, 비밀 백화점에서 054

꼭 말해야만 하나요? 056

옥수수수염귀뚜라미의 기억 058

나방과 먼지의 시 060

통화권이탈지역 062

나는 에르덴조 사원에 없다 064

너와 나의 밑바닥의 밑에서 066

은빛투명전자볼펜 068

삐이징의 모래 한 알의 시 070

발코니에 서 있는 여자 072

시간 074

거미의 생에 가보았는가 075

마천루 러브체인 078

나의 황폐화를 기념한다 080

바늘구멍 속의 낙타 082

파산자 084

물구나무서기하는 나 086

조금 비켜주시지 않겠습니까 088

달개비의 사생활 090

우스꽝스러운 새벽의 절망 앞에 092

기막힌 가계 093

어느새 사자를 통과하고 있다 096

보고르식물원을 향하여 098

뒷산 새끼돼지들의 여름 100

'암(癌)'자 화두 102

결코 조용하지 않은 시에게 104

로마 아침 K호텔에서 106

0.1밀리미터의 러브체인 108

꽃이 올라오는 나이테 109

나혜석을 보는 나혜석 110

부디 나무뿌리처럼 늙어라 111

사랑의 고무지우개똥 112

도자기가 된 목소리들 114

미토콘드리아에 사무치다 116

액자 밖의 시인 118

시퍼런 칼날의 세월 120

지하 천호역 화장실   122
검은 백설악에 다가서다   124
광케이블의 기적의 시   126

해설 | 김종훈   127
시인의 말   141

장미가 책이

침대에서 어둠과 빛으로 뒤척인 우울의 날
붉은 장미가 몸을 뒤집고 한 권의 책으로 태어났다
요재지이의 흰 비둘기가 푸드덕 날개를 펼쳤다
빨간 향기의 장미가 책으로 변신한다
얼마나 오랫동안 꿈꾸어왔던 자신의 변신인가
이 책은 다시는 장미로 돌아가지 않을 것이다
이 작은 책의 글을 돌 속에 영원히 간직할 것이다
나는 이제 이 언덕에서 다른 꿈을 꾸지 않는다
어젯밤 어떻게 장미가 책이 됐는지 통 알 수 없어
무엇으로 그것들이 내게 다시 돌아왔는지
어느날 반투명의 책이 되는 몇송이 장미들이
내가 이해할 수 없는 것들로 갑자기 찾아왔던 것
낙망 속에 기다림도 없는 빛과 어둠 속에서

투명유리컵의 장미

장미 밑동이 흙탕물을 게운다
꽃병의 물이 탁해지기 시작했다
파란 줄기가 계속 구토한다
그 물을 어리석은 장미 줄기가
다시 위로 빨아올리려 한다

이미 지난날
장미는 모든 오욕을 다 마셨다

장미에게 더이상 남은 것이 없다
가시가 피 묻은 아침의 눈을 뜬다
햇살이 장미 곁에서 피를 흘린다
오전 해가 창문을 넘기 전
장미는 물을 마시려 컵을 든다

푸른미선나무의 시

저 충북 어디 가면 미선나무들이 많이 산다지

그녀들 이름은 상아미선나무 분홍미선나무 혹은 둥근미
선나무
라지 그중 푸른미선나무도 있다지

영원히 봄에도 푸른미선나무 여름에도 푸른미선나무
라지
겨울 눈이 좋지 않은 요즘도 푸른미선나무는
자신의 미선나무지 나의 미선나무는 되지 않는다지

교목처럼 높지도 않고 위태롭지도 않아 키는 고작 일
미터
향기도 짙지 않은 푸른미선나무는
항상 기슭에 살아도 자신이 왜 푸른미선나무인진 모른
다지

그 자리에서 거치 없는 잎사귀와 관다발만 수없이 만들

었지만
    그 끝없는 사계의 반복만이 그의 산에 사는 즐거움이라지

    처녀 같은 푸른미선나무들 자줏빛 반질한 가지 꽃봉오
리는
    이듬해나 꽃 먼저 터트리는 푸른미선나무

    그 푸른미선나무는 충북 어디 산기슭에만 산다지

달개비들의 여름 청각

낮달 아래 손 잘려 도회로 팔려나간
둑 아래 청미나리 자랐던 무논 둑에 무리지었다
여름을 건너가던 달개비들이 물소리를 듣고 있다, 덩굴져
먼 저수지에서 해갈 방류를 하면
달개비들이 눈을 뜨고 꽃도 피우지 않고 물을 기다린다
차르르 차르르 한번씩 꿀꺽, 물을 끓는 소리
온통 달개비들이 넌출거리는 물 마시는 물소리 듣는다
푸르르 푸르르 진저리치고 온 머리를 흔들어대며
헉, 헉 저 물달개비들이 얼굴을 묻는 여름 개울둑 아래
자신들의 날갯죽지 속으로 숨어든다 부끄러운 듯
물을 튀기며 물속 흰 자갈들 밟고 튀는 햇살들
떨어질 듯 고개 깊이 숙이고, 해갈 속에 일제히 주먹을
쥐듯
그만 보라색도 아니고 백색도 아닌 큰 화개 위의
연하늘색 꽃총상들 눈 감고 꽃잎을 묶는다
조용히 있어야 집중되고 물이 올라온다는 걸 안 풀줄기들
물소리, 아 물달개비들 날갯소리, 여름의 물 아우성
고무판 노란 오리물갈퀴가 뒤로 회똑 뒤집히면서 앗

몸이 출렁여, 온 태양의 들판엔 물질이 한창이다
햇살 속에 입맛을 돋우는 푸른 혓바닥 달개비 발바닥
청각에 풀을 들이고 마디 푸릇한 달개비 생을 추억할 적에
달개비들 청각은 녹색 시각에서 피어난다
물마디 굵도록 기갈 속에서만 네 동그란 입술은 통통해져
달개비들 넋 놓고 물을 먹는다, 독한 초록의 뿌리들
양가죽빛의 목덜미를 하얗게 내놓고

오늘은 죽을 먹는 토요일이다

토요일은 죽을 끓여먹는 날, 씽크대 앞에 서서
죽을 먹는 토요일은 진짜 죽이 된다, 죽만 남는다
나는 죽사발을 들고 앉아 맛나게 떠먹는다
그 순간, 모든 경전은 조용, 나는 문득 장님이 된다
외팔이에 절름발이에 엉정벙정

밥을 넣고 끓인 죽을 먹으면 나의 혀는 순해진다
독설과 요설이 사라진다, 모든 꿈과 원(怨)이 죽는다, 죽
처럼
순해져 악한 내 마음의 뿌리가 통째 뒤흔들린다
아 한 그릇의 죽을 들고 서 있는 시부(詩夫)여,
이 죽을 배우고 이 죽에 감사드리라, 어서
토요일은 죽일(粥日)이라네, 알곡밥을 먹지 않고 죽을 쑨
다네
곱은 불로 죽을 잘 쑤어, 잘 바스러뜨려 다스린 뒤
알곡이 없어졌을 때, 턱만한 헌 주걱에 떠받아
양지녘 한쪽에 가 앉아 고양이처럼 오직 죽만 먹는다
담뿍, 담뿍 왼손인 양 오른손으로

나는 죽이 된다, 죽이라야 경계심이 죽는다
육체 한쪽에 죽의 위만 달처럼 그릇처럼 남는다
나는 이렇게 언제나 죽을 먹는 토요일에 도착한다
저 죽을 먹고 앉은 화상을 보라, 토요일이다

전기모기채

  한 남자가 Electronic Mosquito Bat를 들고 문앞에 서 있다 테니스라켓 모양의 Electronic Mosquito Bat에서 딱, 딱, 딱 소리가 연속으로 일어난다 단백질 연기가 풍기고 비듬이 떨어진다 남자는 어둠속에서 기둥처럼 서 있다 그의 기다란 팔이 문틀을 애무하듯 돌고 있다 Electronic Mosquito Bat에서 또다시 따다닥 딱, 딱, 딱 일가족이 몰살하는 죽음의 비명이 들려온다 Electronic Mosquito Bat는 비행선처럼 어둠속을 가고 있다 Electronic Mosquito Bat는 희미한 신경의 낮은 의식처럼 보이다 보이지 않는다 은하수 망에 몇백광년의 전류가 흐르고 있다 한 인간 형상이 문밖에서 안을 들여다보고 서 있다 반듯이 누워 있는 여자가 어둠속 침대에서 쳐다보고 있다 마치 그것은 우주 속의 희미한 신의 눈 같다

  * 2007년 미얀마에서 전기모기채를 처음 보았다. 양곤 시 가정엔 대개 이것이 비치되어 있었다.

백척간두의 까치 낯짝

자화상

정월 삭풍에 잔가지 공중에서 흔들, 할 때면
이 대낮에 여보게, 대체 하늘에서 뭘 하시나
그 얼굴 말고 더 찾아볼 게 세상 뭬 있겠는가
그것 가지고 노는 것보다 좋은 게 또 있겠나
혹시나 혼자 거울 들고 보고 있진 않으시겠지?
설마하니 지가 지 정신치료 하고 있진 않겠지

재미나는 여자들의 정낭

나의 순간 장난감

여자들이 정낭을 가지고 있는 것 같다
여자는 스스로 내부에 페니스를 감추고 있는 것 같다
잭나이프처럼 혹은 줄자처럼 안으로 접혀들어가 있다
입을 달고 있는 아주 작은 민달팽이처럼 생긴
여자들은 보조개처럼 정낭을 감추고 있다
사실 그들의 정낭은 남자들 샅에 달랑달랑 달려 있다
어느 나라 여자나 그놈을 생각하면 귀여워진다
여자들은 페니스를 생각하면 부끄럽지만 즐거워진다
그 정낭의 추억을 되살려내는 기억의 기술을
여자들은 가지고 있다

그것은 여자들의 영원한 순간 장난감
검붉은 음모가 숭숭 난 정낭의 껍질은 말랑말랑하다
만질수록 즐겁다 손가락으로 가만히 만지자면
작은 감자알이 움직인다, 껍질은 밀려가는 비닐 같다
두 개의 미끄러운 새알이 손가락에 잡힐 때
인류의 모든 여자들은 한결같이 한숨을 쉬게 마련
호록 마셔버릴 것 같은 한잔의 밀크 같은

낙타 똥냄새 나고 딱딱한 죽은 낙타의 눈알처럼 생긴
이윽고 분노 같은 단두대 같은 태산 같은 수컷의
빠르고 능동적인 페니스의

브롱크스 장터를 간 시인
뉴욕의 P에게

　한 마리 날개 달린 수탉이 퍼덕이고 있었다 철망 안에 혼자 남았다 친구들은 다 팔려갔다 오늘 아침, 여럿이 나왔었다

　한 남자는 신문을 접어들고 어슬렁, 저쪽에서 다가온다 유색인종이다 앞에서 멈춘다 이 기억은 죽음이 늦어지고 있던 이미 죽은 자의 전생의 문자다

　한 남자는 앞에 다가가 앉는다 수탉이다 볏은 피멍이 들고 발톱은 늙었다 추억만 남았다 그는 장터에 뭘 사러 온 게 아니었다 생명 같은 것을 살 생각은 더더욱 없다 이것은 뒤에 미소짓고 앉은 주인의 대뇌피질의 움직임

　근육질의 날개를 덮고 있다 놈은 빤히 남자의 눈을 들여다본다 깃털이 화려하고 붉고 검다 인간보다 더 빨간 눈, 서로의 운명은 어떻게 할 수 있는 것이 아니라고 별처럼 반짝인다 이건 한 남자의 기억이다 인간과 수탉은 소통되지 않는다 이것에 대해 절망한 적이 없는 남자는 무릎을 펴고 일어나려 한다 그때 수탉은 그의 시전문잡지를 엿본다 수탉도 영문을 읽을 줄 안다는 것을 남자는 모르고 있

다 수탉이 꾸르륵 하고 가래소리를 냈다 마치 개가 짖으려는 듯, 그 소리는 창자 속으로 사라지고 말았다

등뒤에서 큰 영어 소리가 들렸다 저놈 주세요 수탉의 영혼이 쳐다본 마지막 말

남자는 십분을 남쪽으로 걸어갔다 버스를 타고 전철로 갈아타고 또 걸어 돌아왔다

집 안엔 방문과 냉장고와 책 따위가 서 있다 문을 여는 순간, 갑자기 눈에서 눈물이 떨어졌다 받을 겨를도 없이 바닥으로 떨어지는 눈물, 어른거렸다 도시가 캄캄하다 스위치와 등은 연결되어 있다 도시는 방의 안쪽 같았다

브롱크스 장터는 흐렸다 멀리서 눈이 날아오는 것 같았다 도시가 낮아졌다 그 너머 마천루도 바다도 브롱크스 장터 너머였다 타자의 상상도 지워진다

아직도 장터의 한낮이었다

붕새처럼

붕새처럼 어느날 문을 박차고 날아가버릴지 모른다
단말마와 싸우지 않고도 마당에서 훨훨 날아오를 것 같다
깜짝 놀랄 두 날개를 활짝 펼치면서

찻잔과 사전, 컴퓨터와 유리창, 용마루 모든 것을 부수고
뒤도 돌아보지 않고 후닥닥 후닥닥
날개를 쳐 뛰며 날며 뛰쳐나갈지 모른다

나는 내가 두렵다 이 불안한 상상이 간혹 무섭다
그러나 사실 모든 생명은 어느날 갑자기 떠나지 않았
던가
꿈속에서 필요한 건 아무것도 없었다
낮의 환몽 속에 더 많은 것을 진열하려 하는 나에겐

겨드랑이 안쪽 폐 속에 구겨넣어진 삭제된 꿈
숨소리는 날개를 기억하고 돌연변이의 징후가 꿈틀거
린다
붕새가 아니라면 한 소조(小鳥)로서 너무나 가벼운 몰록은

십 그램의 새가 되어 포르르 나뭇가지를 박차고
저쯤에서 사라질 것 같다
오늘 아침은,

망념이 된 거울처럼, 갑자가 날개가 튀어나올 것 같다
몽땅한 두 팔이 돌연 커다란 날개가 될 것 같다
이슬이여, 책이 된, 나의 망각의 날개여
가방이 된 나의 날개여

풀이 보이지 않는다

어느날 풀이 보이지 않는다, 나는 놀란다

풀들에게 눈이 있었다, 계속 풀을 뽑아 던지자 풀들이
눈치가 생겼다
풀들은 없어진 것이 아니고 어딘가로 숨는다, 나는 처음
엔 은유를 알지 못했다

풀들은 나의 발소리를 들으면 지금도 두려움에 떤다

풀들을 찾는다, 풀들이 보이지 않는다, 풀들이 사라졌
다, 풀들은 영민해지고
나의 눈은 어리석어졌다, 낮 속에서 풀들은 밝아지고 나
의 눈은 어두워진다
이 둘은 끝없이 도망하고 추적한다

나는 풀들에게 모든 것을 노출한 채 잔디밭에 앉는다,
한숨 쉰다

풀들은 광선 같은, 어둠속 눈부처의 움직임에 존재하며
존재하지 않는다
그 법을 그들은 체득했다, 나는 제자리걸음이다

나는 이제부터 이 끓음의 제자리걸음으로 버틸 작정이다

풀들은 보이지 않는 박테리아보다 민감하게 움직인다
그러니까 풀들은 나의 눈에서 눈 깜짝할 사이 사라진다,
하지만 나는
풀들이 어딘가에 들어가 있다는 것을 알고 있다

나는 그 나이, 이제 풀의 소리를 듣는다

육체의 씨뮬레이션

여자는 내 머리 위의 도자기 새처럼
한 삽 남짓의 언어 같은 유골을 남겼다
너무 약하고 가볍게 떠나간다
바람의 부스러기들 같았다
치골 근처에 나타났던 그림자의 이름
이 놀라운 죽음의 변화,
여자의 육체는 아이들의 여자
여자는 산처럼 올라앉았다, 숨을 멈춘 채
여자는 주름진 히말라야 습곡
슬그머니 새의 간에 뿌리를 대고 있던
여자, 눈물을 찍어 대지에 뿌릴 건가
누가 여자를 이 대낮에 움직이게 했을까
사랑의 이름이 움직이기 시작한다
서서히, 어떤 거대 기아 속의
생의 불공정거래처럼, 울음을 터트릴 듯
잠시 살았던 남자에게
육체는 저녁 오로라를 펼쳐 보이면서
생의 모자이크는 산산조각 흩어진다

천천히 펼쳤던 부채를 접는다
아 이 현재 생의 놀라운 기법을 아는가
여자는 내 머리 위에 얹혀진 자기
여자는 치마를 감싸 북극으로 사라진다

어느날은 투명유리창의 이것만이

서천 구름장에서 쏟아지는 빗줄기를 바라본다, 잎의 나무처럼 서 있다

한 물방울이 유리창을 올라간다, 기를 쓰며 날개를 단다, 날개는 꿈, 빗방울의 날개, 날개의 잎, 몇개의 갈비뼈,

제라늄이 일곱 피어 있다, 그 제라늄만 한 분에서 올라왔다, 각자 다른 길을 간다, 다 다른 이름들이다, 한 빗방울이 한 물방울을 올라탄다, 물방울이 거부하자 물방울이 찢어진다

빗줄기들을 들여다본다, 나는 이미 죽은 지 일년, 꼭 일년 풍우여, 한 빗방울만 지느러미가 생긴다, 빗줄기가 미끄러진다, 지느러미 물을 헤친다, 가장 작은 희미한 투명의 물빛

물방울이 정지한다, 어찌할 것인가, 바람이 떨고 있다, 나는 경험한다 날개를, 나를 경험한다, 마침내 나는 유리창이다, 아 너무나 작은, 물방울의 날개여

나는…… 날개의 나는, 찢어지고 절망한다, 이 불완전한 문장을 지울 수만 있다면, 저쪽에 오롯이 그것들의 날개를 펼칠 것인데

한번 불러본 인간 송장의 노래

목구멍에 송장을 걸고 사는 나, 송장에 빌붙어 잠자는 자
송장을 먹여살리느라 평생을 바치는 나
송장을 업고 다니는 자들, 대대로 송장을 따라다니는 가문
쥐가 되었다, 새가 되었다 변신하는 자들
송장의 송장들, 송장뼈의 송장뼈들

대퇴골이며 다리뼈며 복사뼈며 두개골이며 손뼈며
척추며 이백여개 괴상한 돌출의 뼈들, 뼈들
혼란스런 존재들, 불가사의한 구조, 천변만화의 아름다움

지금은 인간인 존재들, 잠시만 인간인 존재들,의 책 같은
고단한 죽음의 꿈을 꾸는 자들, 저 문명 바깥의
페이지가 다 붙어버린 절어 붙은 커버 같은
돼지가 된다는 건 꿈도 못 꾸지, 벌레가 된다는 건 상상도 못할걸
돌이나 쇠붙이처럼, 인간들은

그런 인간들은 하지만, 화려한 변신을 돌리는 회전부채
의 존재들
　마술의 거짓말들, 도시 냄새를 풍기는
　돌아도 돌아도 더 새로워져, 무한히 낡지 않는
　무한궤도 같은, 죽어 새로 태어나는 존재들, 몸을 바꾸
는 이상한
　존재들, 원래부터 그랬던 이름들 나, 그들

　인간, 그것의 사이에 있는 인간들
　형상의 껍데기를 찾아 자신의 몸을 끼우고 송장을 허파
속에 거는
　거지 생명들, 거지 행적들, 거짓 진실들, 거짓 실재들의
현실, 거리
　어둠의 횡단보도를 절뚝이는 외투 속의 남자
　이것만이 의심할 수 없는 나, 통쾌한 나, 나
　저 자연의 여여함이 얼마나 싫증나고 아름다운가

　죽음은 이런 꿈을 망각으로 처리하기 위한 게임임을 인

정했다

　목구멍에 송장을 걸고 돌아와, 평생 같이 잠잘 꿈 꾸는,

　곤한 자들

서 있는 내부의 빌딩들

인후 뒤에 한 줄의 식도가 서 있다
위장이 서 있다, 아래로 떨어지지 않는다
내 육체 안에 누워 있는 것은 없다
모두가 직립해 있다, 나의
맹장도 서 있다 직장도 서 있다

모든 것이 서 있지 않으면 안된다
나의 모든 세포는
직립해서 말하고 직립으로 기억한다
사지(四肢)를 떠난 직립의 이 기이한 불구성
나의 뉴런도 서 있다 밖을 향해
밖엔 잎이 진 가지들이 쭉쭉 뻗어 있다

내 혀도 서 있다, 앞으로 나오려 한다
툭 툭 사물들이 튀어나오려 한다
여기서 항상 위험한 상황들이 계속된다
계란 같은 구름이 공중에 서 있다
두 개의 기이한 통뼈로 나는 서 있다

거울처럼 신장은 장기 뒤에 서 있고
광원과 그림자 사이를 지나가는
코브라의 거대한 척추가 등에 서 있다
모두 서 있다, 나의 고독한 내장의 일체
뼈와 뼈 사이의 뼈 뒤의 뼈 위의

어디선가 통째로 찍혀나온 육체 안에
코를 골고 있는 것은 없다
터럭도 서 있고 피도 손톱도 서 있다
심장과 위장도 빌딩처럼 서 있다
아 눈알도 서 있고 혀도 독처럼 서 있다

조그만 수조의 형광물고기

사랑이 없고 약속이 없다
창자가 다 보이는 나는 형광물고기
뱃속에 불을 켠 독거 생명체
희미한 형광등 불빛을 뱃속에 달고
물속을 건너가는 작은 물고기
끊어진 실 같은 자궁과 상처와
나는 말한다, 나의 장난감은 나뿐이다
두려울까, 나의 친구는 나밖에 없다
반복과 헛됨의 옷을 벗어버린 물고기는
저쪽이 없는 고독한 물고기
지하의 환한 투명수조 속을 가고 있다,
아 작은 용적의 물이 있는 한……
수초도 없는 물속을 다가오는 나
뱃바닥과 주변 물을 밝히는 물고기
닳아버린 망사의 지느러미를 흔들며
은빛 낚시도 없고 미끼도 아닌
미세한 물속의 먼지에 입질을 해본다
투명물고기, 자신의 죽음만 있는

숨막히는 적막만 가득한 물속의
영혼의 물고기, 형광물고기

가재

그대 눈 속에 화염이 지나간다
큰 앞발을 높이 치켜드는 숭어 등빛 돌들 사이에서
갑옷을 입은 무거운 기사처럼
그대는 자신의 더듬이가 나아가는 수면을 걱정했다
너무나도 섬세한 몸짓으로 부재의 불을 피한다
끔찍한 상상을 건드린 척추처럼 놀란다
맥반석보다 더 맥반석 같은 놈들의
거대한 집게발톱 그 뒤에 자신들도 모르게 붙은 몸체의
숭숭한 털 같은 다리들, 구부려, 본다 눈은
실은 이 감각기관으로 저 자연을 생존해왔지만
지금 그들은 상상 노을 속의 심장 속 일 그램 피는
칼끝에 닿는 절규처럼 타들어간다
그 끝에 죽음이 있다는 것을 어떻게 알았을까
가재들은 최초로 겁먹은 눈빛으로
물밖을 내다보았다, 거기 공기들이 휘휘 화염처럼
저승사자의 음악을 켜며 수면을 지나가고,
지나가는 수면을 흔들어대자 수면은 출렁인다
아 불이다, 알 길 없는 불가사의한 불길

가재들은 전율한다, 나뭇가지와 수초가 흔들리는
것을 본 가재들, 불덩어리 가재들
말해, 우리는 어떻게 이 물속 돌틈에서 살게 되었는가
이 작은 상류를 독식해 살았으나 숨을 곳이 없다
송장메뚜기 짧은 앞발 모양 입가의 작은 더듬이들,
쉴새없이 본능적으로 오물거리는 항문 끝의 작은 입,
수국잎보다 귀여운 헤엄다리들,
생식문과 항문 사이 뱃바닥에 닥지닥지 붙은 물방울 알들,
더러운 비둘기 꼬리 속 꼬리지느러미를,
마지막 미끄러운 돌바닥에 끌면서 광속처럼 증발하는
저 가재들은 상류에서 절규한다, 통곡을 한다
우리는 이제 다시, 절대로 뒷걸음질치지 못한다
우리가 왜 여기서 죽어야 하는가!
(고작 절규할 뿐이다 상상 절규, 나는 이 물속에서 내가
얼마나 재빠르고 아름다운 그림자들을 데리고
어디로 사라졌는지 감히 상상할 수가 없다)

서서 별을 사진찍다
카메라와 나무의 12월 31일

이 지상의 마지막 저녁 해가 지고, 이 시를 발표할 땐
과거형으로 고쳐야 할까? 서쪽 하늘을 쳐다보는 이곳은
지구의 북반구 극동 반대편보다 이미 일몰을 맞는
서울 동쪽 작은 구릉,

정치와 시는 언제나 맞은편에서 미래의 이곳을 본다
나는 순간, 이 나라를 입에 담고 싶지 않아졌다
고 말하고, 사진기를 어루만진다
매일 별을 보는 비정치적 천체물리학자가 아니지만
매일 말을 쓰러뜨리는 비천문학적 정치인도 아니지만
쉿, 조용 카메라를 별에 대고 사진을 찍는다
아비는 어둠에서, 걸레가 된 시간을 주워담는다

카메라가 별빛을 상대하면 가난한 일몰에 불과함을
비켜선 지상의 단 하나 소형카메라
배나무 쪽에 가까운 나의 작은 구석방 서쪽 벽
하늘은 허공의 피사체, 젊고 아름다운 모델
궤도를 지나가는 위성의 창 같아, 저녁 하늘은 순하다

서로 허공의 포즈를 취해준다,

한 해의 마지막 눈을 씻는 초저녁 신성이다, 봐 초점을
초점은 초점에게 뭐라 속삭이잖아! 공기는 얼지 않아
저녁의 저 첫 별을 어둠속 공기 책자에 새겨두어라
마당에 서서 반짝이는 궁륭의 별을 사진찍을 테니!
카메라 눈동자는 찰칵, 영하 3도?

그 별과 달의 빛이 셔터의 걸림에 놀람과 동시에
상자 속 너희 알몸 부서지지 않아 광속으로 뛰어든다
서로 피해 검게 찍힌 흑백의 공기와 시간의 흔적
삼만년, 만에 돌아온 저쪽 여름의 우리은하처럼
현실의 렌즈를 굴절하는 아픔이 아닐지라도
찰칵, 찰칵…… 지문은 대기를 끊는다, 기침하는 빛이
잘려들어온 별이 카메라 속에 오도독 떨고 있다

한낱 인화지에 남겨지며 정치에 관심이 사라지더라도
혼자 어슬한 그 옛날 같은 초저녁 뜰

뿔이 자라나오는 태초의 기척을 고막의 뿔은 듣는다
어떤 미래보다 깊고 먼, 신성한 남색 하늘의 메타포,
어느해 12월 31일을 넘기지 못하게 되더라도
훗날, 이 카메라는 잊을 수 없을 것이다,
마지막 저녁을 지구의 한 그루 나무 보고 있었던 일

수박

이상하다, 이번에는 수박이다 줄기가 기어간다 줄기가
어둠 바닥까지 기어나갔다 그 끝은, 가끔 개의 앞발이 돌
무덤을 파던 곳 굼벵이와 나비들이 몰래 노는 곳
　어둠과 볕이 가까운, 눈멀기 쉬운 경계의 도로표지판이
서 있는 앞쪽,
　그곳이 이 수박밭의 끝이다

　문득 수박줄기는 포복을 멈췄다,
　더 갈까? 순이 뒤돌아본다 참 오래 한 일이지만 무작정
간다고 되는 법이 없는 것을 안다 잎에 가린 뿌리 쪽이 보
이지 않는다 둥지를 틀고 머리를 감아올린다 저쪽에서 물
들어오는 소리 들린다 두더지가 줄기라도 물어뜯는 날엔
끝장이다 식물이라고 위험이 없는 건 절대 아니니까

　수박의 눈은 멀리 뻗어나온 귀여운 줄기 끝,
　줄기 밑으론 마디가 있어, 실뿌리 마디는 땅내를 맡고,
오직 수원은 저 대한민국 양평 이 수박밭이다 거기서만 물
을 대준다 그리고 아무도 어떻게 할 수 없는 태양이 하늘

에 있는 법, 낮의 태양에 대해서 말해 뭘할까, 그러나 수박
은 태양 하나만 믿지 않는다

　그것이 제일 좋은 자율성

　그러니까 이번에는 수박으로 태어났다,
　뿌리는 깊지 않으나 표토의 모든 양분을 비로 쓸듯 가져
간다, 퇴비, 죽은 벌레, 쇠똥, 계분, 수박이 좋아하는 이름
들은 만나면 뒤섞인다
　이렇게 수박도 수박을 기르다 정이 들어, 수박밭은 골라
지고 말문이 열린다
　이 평화 속에서 수박은 햇살을 수분에 섞어 당분을 만든
다 절묘한 기술

　수박밭을 기웃대는 옥수수는 내년엔 수박이고 싶은 얼
굴, 식물도 윤회하지만, 글쎄 아무나 수박이 되는 건 아닐
테지 수박도 모르는 일이 있어, 내년엔 어디로 건너갈까?
　그러나 이 밭은 내년에도 수박밭일 확률이 높다
　어림잡아 이 둑 너머는 옥수수밭, 내년에도 이 근처 어

디서 우리는, 지금처럼 수박이든 옥수수든 황금땀방울

　비가 올 것 같다 주인이 삽을 들고 나온다 수로를 낼 모양이다 수박은 다 안다
　우리는 가만히 있으면 된다 아프리카에서부터 수박은 늑대새끼들처럼 돌아다니며 아무데서나 사냥하고 새끼치지 않았으니까
　눈 내리는 겨울, 우리가 어디 있는지 가끔 궁금해 출출할 때 있지만,
　수박은 평범한 다년생이 아니다 녹색의 천둥번개를 찍으며 한여름만 살다 가는 일년초다

손톱 깎는 한 동물의 아침
불가능한 상상의,

담천의 서울 한 아파트 거실에서

한 동물이 허리를 구부리고 고집의 발톱을 깎고 있다
딱, 딱, 딱 손톱 끊어지는 소리 절벽 밖으로 사라진다
그의 생에서 유례가 없는 평일, 그는 자신이
생각하기도 전에 자신이 동물이라는 사실을
내심 확인하고 즐거워한다 왜 그는 이렇게 된 것일까
자신을 동물이라 생각하는 순간, 성선설이 맞는 것일까

하 나는 동물이다 발톱을 깎는, 무릎을 세우고
아주 세심하고 사색적으로, 흐린 아침 공기를 마시며
부족함이 없다, 그 발톱은 벌써 늙었으나
그것은 그가 이 도시에서 많이 걸어왔다는 것을
유일하게 그가 동물이라는 사실을 말해주는 증표다
어떤 시들은 그 까닭을 표하지 않고 끊어버린다
동물의 이 시도 그런 유의 시에 해당할지 모른다

수심(獸心)은 벽을 타는 빗방울 소리를 듣고 있다

조용, 이제 손톱을 자른다, 손톱은 희고 길고 귀엽다
종목을 횡목의 칼날이 끊는다, 손톱이 톡, 톡, 톡
무엇부터 쓸까, 동물은 잎처럼 너울, 너울거린다
손톱을 깎는 아침은 모든 것이 틀려먹었다 생각한다
인간으로 이의없이 살아가고 있는 지금처럼
우리는 최선의 문명으로 진화되어왔다고 믿는다

내가 동물의 기억을 하는 것이 아니라
원래 나의 동물이 인간의 나를 기억하겠느냐는 것으로서
나여, 고개를 숙이고 발톱 깎는 아침은 하여간 염염해

우리집 전신거울 여자

우리집에 낯익은 한 여자가 계속 살고 있다 나는 아직도 이 여자의 근원을 모른다

그 여자의 커다란 거울 한 채가 집에 서 있다 여자가 우리집에 올 때 사온 전신거울이다

여자는 그 거울 앞에 가서 거울을 본다 전신거울 속은 여자의 전신을 다 비춘다

이 거울은 자신의 얼굴을 맞춰보는 영혼의 집, 가족은 모두 저 평면거울에서 태어났다

해 뜰 때 거울의 눈부심은 헤드라이트 같아 여자는 거울 앞에서 자기 비밀을 확인한다

여자는 거울 앞에서 항상 뭘 꿰매는 것 같았다 매일 손의 솔기가 터졌던 모양이다

여자가 본질을 아는 것은 재미없다 여자가 길을 찾는다는 것도 합당한 표현이 못된다

우리집 전신거울은 한 여자의 육체, 이 낯선 여자는 결코 길을 찾은 적이 없다

과연 전신거울 뒤엔 무엇이 숨어 있는가, 어느날부턴 거

울에 반점이 돋기 시작했다

　이 여자는 그 여자로 지칭이 변경되었지만 결국 그 점과 점 사이도 점이 되고 말았다

　그 여자는 거울 앞에 우두커니 서 있게 되었다 우리집 안의 전신거울 속의 거실처럼

　거실을 지나다니는 가족들의 한낮의 발처럼 우리집엔 전신거울 한 채가 서 있다

광합성에 대한 긍정의 시
먼지야, 자니?

빛을 모아들이는 것, 이것이 사랑이다

동전만한 잎사귀의 멍들, 그곳에 각자의 원을 그려대는 것

이 동작의, 복습의 유희성

화법을 배워라 누군가 말했지, 장기를 둘 땐 장기를 말

하지 않는다*

사랑할 땐 사랑이란 말 절대 하지 마

광합성만 열심히 하면 돼

간지럽지? 하지만 절대 널 다치게 광합성하진 않아

걱정하지 마 편히 누워, 그리고 눈 감고 느껴, 그리고 한

없이 낮아져라

그렇게 사라지면 되는 거야, 넌 그때 이미 무언가가 되

어 있어,

물론 다시 돌이킬 수 없는 무엇이지만

그 이름은 나도 몰라,

하지만 너무나 아름다운 무엇이지

없어졌다 사라졌다 변형됐다 이런 의심은 가지지 마 제발

넌 너무나 많은 시간 속에서 기다림 속에서

변형되어왔던 게야, 그게 너야 그게 현재고 너의 내일
이야

한없는 금속의 물방울수레바퀴를 타면서, 한없이 고개
를 넘으면서 다른

꿈이 되어 다른 몸이 되고 다른 마음이 되면서

다른 시간 속을, 찾아올 수 없는 망각 속에서 그리고

그리고, 어떻게 문장을 이어가야 할지 나도 몰라

다른 계절 속에서 음, 그리고 또 노래가 되고, 물이 되고,
공기가 되면서

넌 알지? 난 이제 너를

가르치지 않을 거야

다만 광합성에 대해서 꿈꾸고 있어, 잊지 마 나를

나는 어디 가 있나 묻지 마, 사랑은 묻지 않아 지금은 한
겨울, 길이 얼어붙었지만

광합성의 부드러운 노래는 이미 시작됐지

나는 지금, 그 소리에 취해 아무것도 못할 지경이야 이명이야, 소란이야

나는 마른 잎의 귓불의 소리를 끌며 어디론가 이미 떠났어,

통과하지 않은 것들의 세포만이 저 찬란한 허공 줄기 속에 걸려 빛나고 있어 디엔에이처럼

먼지야 자니? 입사점(入射點)의 햇살들이다

* 아르헨띠나의 시인이며 소설가인 호르헤 루이스 보르헤스의 명언.

서 있는 터럭에 대한 감상(感傷)

처서가 지나면 나의 팔의 터럭에 가을이 온다
생땡볕이 렌즈를 통과하는 빛으로 바뀔 때 나는
그 속으로 통과하는 청벌레들의 울음을
깎는다 그리고 나는 전봇대처럼 선다 그다음
나는 더이상 걸어갈 엄두를 내지 못한다
백로가 오면 나의 팔은 터럭에서 더 예민해져
풀대처럼 이울며 까칠하게 모근엔 샘이 말라,
주인 모르게 햇살과 바람에 흔들리고
나는 다른 나로 태어나는 나를 두 눈으로 본다
저리 터럭도 한쪽으로 머리를 향하는데
나는 살짝 그것들의 가을을 핏빛 눈길로 본다

비정치적 남양주시

나는 가끔 이 남양주시 메인도로를 통과했다
남양주시는 모른다, 이런 문장은 맞는 문장이 아니다
나는 이 안되는 문장을 계속 만들려고 한다
나는 남양주시가 남양주시청과 남양주경찰서를
결코 모른다는 생각, 나는 이 이상한 생각에 막힌다
어느 시민도 이 모름을 눈치채지 못한다
나는 오늘 정오의 햇살의 남양주시가 되고 싶었다
아니 남양주시의 햇살의 정오를 밀치고 장님의
남양주시가 되려 한다 마른 햇살의 남양주시 정오!
생각만 해도 개체의 죽음과 삶을 훌쩍 뛰어넘는 듯
시청 앞에 국화, 눈구름 냉기 알알한 늦가을
슬픔과 기다림의 감정이 삭은 남양주시의 가을 정오
하지만 남양주시의 가을은 남양주시를 알지 못해
자신이 어디 가고 있는지 모르고 통과하고 있다
나와 말은 절망 속에서 햇살을 잡고 의문을 시작한다
남양주시를 방문한 나를 모르는 장님의 남양주시
남양주시가 남양주시에 있음을 나는 아슬아슬하게 믿어
그 소란한 가을빛과 언어의 남양주시를 빠져나간다

이 통과는 너무나 눈부셔, 차를 노변에 세우지만
남양주시는 가을 하늘 밑에서 혼자 불타고 있다
할말도 아주 없는, 가을도 모르는 나의 가을 남양주시
나도 남양주시가 되어가는 가을의 남쪽 남양주시
그대여 아는가, 알 길 없는 내 마음의 이 가을의 언어가
오늘도 남양주시가 모르는 남양주시를 통과하고 있다

저 깊은 곳, 비밀 백화점에서

그 여자는 내가 얼마나 힘들게 숨쉬고 있는지 모르는 것
같다

그 여자는 나의 숨소리를 들어본 적이 없을 것이다

이 숨소리에 모든 남자는 폭력을 사용하고 그 폭력에 분
노한다

그러나 여자들은 극히 단순한 결과를 선택했는지

복잡한 과정은 여성 소비자들에겐 금물

캄캄한 터널 속을 달려가는 무호흡 쇠의 발한증

기수가 검고 탐스런 경마의 두툼한 엉덩이를 채찍으로
내리쳤다

철썩, 달라붙는 채찍 자국에 피가 모였다 광속처럼 흩어
진다

어둠속에서 피 흘리며 질주하는 천마의 숨소리가 절규
한다

숨구멍 속에 돋아난 검은 털들이 안으로 휘어져 빨려들
어간다

그후, 여자가 나의 숨소리를 듣는다면 나를 불러 추잡한 사랑을

강매할 것이다 여자를 욕망하게 하는 것은 저 백화점의 불빛들

그 여자는 결코 자신이 어디서 숨쉬고 있는지 알지 못할 것이다

폐습으로 발전하는 터널 속의 발한증처럼

꼭 말해야만 하나요?
어둠속의 자생란

자생란을 봐요, 산에서 태양을 등지고
소로가 끝난 오지의 양달진 그늘
무한대의 대기를 향해 기공을 열고
어둠에 귀를 댄 잎들의 표정을 봐요
뿌리는 자기 내부의 분석을 원치 않죠
북향을 향해, 북향으로 돌아들어오는
음기를 받는 새파란 무적의 상록초들
어둠을 닫아놓고 빛을 간직한 채
이 자생란의 언어는 소통을 꺼려요
빛과 어둠으로 일생 한두 차례 말하고
자기의 다른 생으로 건너가는 습성
꼭 내면을 들여다보려 하지 마세요
꼭 내면을 말해야만 하는 건가요
이들은 바람과 햇살 소리만 듣고 가요
소리를 듣는 일은 두려운 일이죠
너무 쉬운 소통은 내부를 잃고 말기에
희미한 감각조차 조금씩 지워냈죠
무엇인가 촉수에서 예감이 흔들리면

자생란의 단출한 단자엽을 살펴봐요
어둠의 빛 속에서 혼자 반사하죠
꽃이 아닌 뿌리로 유전하는 저들은
이미 북향의 어느 양지에 다다랐겠죠

옥수수수염귀뚜라미의 기억

옥수수수염귀뚜라미

80층 승강기 아래로 내려갈 땐 잠잠하다

울음을 뚝 멈추고 승강기가 기계음을 듣는다

첨단이 아닌 이런 것들이 기척할 때가 있다

수염귀뚜라미는 철봉대 근처에 있다

기계음은 그의 풀잎 가슴속으로 들어가

해마에서처럼 사라진다

해마에 기억의 흔적은 물방울 먼지처럼 남는다

소리는 사라지고 벌써 있지 않다

80층 체인이 출렁이는 소리가 벽 속에서 들린다

기술은 그 소리를 감추려고 혼신을 바친다

내 신문 같은 얼굴이 쎈서에 비치면

문은 비서처럼 얼른 옆으로 열린다 그리고

곁에 서서 내가 나가기를 기다린다

나가지 않으면 문은 계속 심리처럼 서 있는다

그때 햇빛이 내 파란 핏줄 손등에 닿는다

귀뚜라미가 울기 시작한다 늦여름 매미처럼

나는 갑자기 미열의 아득함으로

손바닥으로 유리창을 잡는다 가을 구름 하나
아파트 뒷산 위에 떠서 불타고 있다
마지막 불 칸나가 화려하게 단장했어라,
수염귀뚜라미 하나 내 허파꽈리에 초기암처럼
마지막 광선 속에 울기 시작했다,
나는 너의 이름을 보고 싶어 만지고 싶어
옥수수수염귀뚜라미

나방과 먼지의 시

푸드덕, 창문을 열자 나방들이 환몽을 치며 공중으로 날
아오른다

잠 취한 나방들 부스스, 날개의 먼지가 사방에 흩날려
떨어진다

유성들의 빛가루와 분진들이 풀풀 날아가듯

갑자기 방 안은 놀라운 잠에서 깨어난다 지친 생의 비
듬들,

우리가 이런 곳에서 잠들어 있었음에 나방들은 일제히
놀라고 있다

나방들의 날개는 들깨꽃 같고 그 씨들을 안고 있는 씨방
같이

자꾸자꾸 내 눈의 맨 끝에서 부스럭거렸다

나방들은 공중에 안착할 나뭇가지나 처마를 찾지 못하
고 작은 날개를

어둠의 눈처럼 만지며 파닥이며 마냥 떠 있었다

나는 퇴화한 나방들의 시력이 내 눈에 만져지는 것이 싫
었다 눈 속엔

아무것도 없는 캄캄한 동공만이 열려 있는 아침,
나는 그 구멍이 허공에 떠서 날고 있다는 생각을 해보았다

나는 그날 아침 나방이 되었다 나방은 진화하지 못한 날
개를 털면서
전등을 찾았지만 등은 이미 자정에 꺼져 있었다
불빛이 사라지면서 그들은 어둠을 찾을 수가 없게 되었다
그러므로 그들은 날개를 파닥이며 공간 속에서 방황했
다 찬란한
아침 햇살이 산속의 작은 분지에 들어오자
뜻없이 밀친 커튼 뒤에서 뜻밖의 나방들이 먼지처럼 날
아올랐다
이것이 오늘의 나의 불행한 아침의 노래이다

통화권이탈지역

문득, 통화권이탈지역으로 들어오고 말았다
소란한 세상을 닮아건 잎들의 무늬를 읽는다
그대 잠시 두리번, 결락된 감각을 찾는가
소리없는 엽록체의 통화권이탈지역은
동물들의 울음과 이동이 찍히지 않는 영토
이 영역은 우리에게 불가침지역에 해당하며,
소통의 소란은 작은 묵상도 헝클어놓는다
나는 주머니 속의 열쇠를 저 밖으로 던진다
고리가 열리고 날개가 파닥이면 나는 그제사
그들의 이름을 부를 기회를 놓치게 된다

그러므로 리보솜의 머나먼 기억에서 사라진다
산을 식물보호권역 개념으로 집약한다는
뜻밖의 기층 속에서, 영역 밖을 내다본다
서 있는 그림자들이 얼굴을 일그러뜨린 채
손바닥의 무언가에 얼굴을 묻고 엿듣고 섰다
나는 이제, 독특한 통화권이탈지역을 갖는다
여기서 그 모든 분란의 소통은 차단되었다

빛은 떠나고, 혼돈이 거니는 어둠 한쪽
완전 통화권이탈지역에서 너와 나는 오래전
서로 잃어버린 것을 조용히 만지고 있다

나는 에르덴조 사원에 없다

나는 지금 에르덴조 사원에 없다
이 문장은 성립하지 않고 시상이 전개되지 않는다
나는 지금 에르덴조 사원에 없다는 말은
상상할 수 없는 걸 상상하므로 항상 제기되는 문제다
그러나 나는 에르덴조 사원에 있다
증명할 길이 없지만 나는 지금 에르덴조 사원에 있다
에르덴조 사원에서 에르덴조 사원을 생각하거나
나는 지금 에르덴조 사원에 없다고 생각하는 사람을
생각하려다가 생각을 못하고 놓친다
그들은 먼 나의 생각 사이를 교묘하게 빠져나간다
문장 성립은 둘째치고 나는 늘 이렇다
나는 이 사유 자체의 어려움에서 벗어나지 못한다
나는 에르덴조 사원에 없다는 말이 꼭 성립해야 하는가
길을 가면서, 나는 혼자, 그 생각에 골몰한다
분명하게 말해서 나는 지금
에르덴조 사원이 있는 것처럼 에르덴조 사원에 있다
그래 에르덴조 사원에 내가 있다는 것은
에르덴조 사원이 없다는 것과 진배없다

나에게 에르덴조 사원이 있다는 것은 에르덴조 사원이
없다는 것과 동급의 문제로 제기될 수 있다
문제될 일이 아무것도 없다는 사실에 문제가 발생한다
허나 에르덴조 사원에 없는 내가 너무나 고독하다
음률을 맞추며 고통스러워하는 자의 행보
왜 나는 에르덴조 사원에 없는 나를 생각하고 있는가
나는 이 문장을 떠올리며 슬퍼한다
에르덴조 사원에 없는 나는 어디를 헤매고 있는지
그런데 그대여 왜 그대는 에르덴조 사원엔 없는 건가
나는 지금, 그때, 에르덴조 사원에 머물고 있어라
나는 정처가 없어서 나무처럼 외로워 보인다
나 없는 사막 입구의 산처럼 나는 하늘을 쳐다본다
에르덴조 사원의 하늘에 나타난 눈부신 구름처럼
나는 말을 하지 못하고 있는 것이다

너와 나의 밑바닥의 밑에서

가장 낮은 밑바닥에서 정면으로 볼 수 있다
가장 낮은 밑바닥에서 내 이름을 부를 수 있겠지
혹은 이름의 나를 불러낼 수 있겠지
너의 가장 낮은 밑바닥, 더 밑이 없는 밑바닥
뱃바닥보다 손바닥보다 밑창보다 더 낮은 밑바닥
통째로 보여줄 수 있겠지 내 눈앞에
가장 낮은 밑바닥을 얻은 다음 그 다음 다음번째
이 허공에서 울타리에 비가 치며 질척이는 날
혼자 너의 희디흰 밑바닥에 도착할 수 있겠지
내 검은 바닥을 너의 그 밑바닥에 대볼 수 있겠지
밑바닥에서 희디흰 밑바닥을 느끼기 위해
있는 힘을 다해 나의 밑바닥을 받쳐줄 수 있겠지
초고속으로 회전하는 흰 베어링처럼
콘트라스트여, 정말 내 밑바닥에 닿을 수 있겠니
가장 낮은 밑바닥에 붙은 하나의 미끄러운 미늘을
때리면서 흔들면서 건너가는 컨베이어벨트여
여기가 그 죽음이야라고 말할 수 있겠는가
나는 너의 가장 낮은 밑바닥에 거꾸로 걸려 있다

나는 가장 낮은 밑바닥의 안쪽에 겹쳐졌다

은빛투명전자볼펜

은빛투명전자볼펜을 나는 사용하지 않는다
인지에 꽃을 살짝 피워주면 파란 불빛이 신호를 보내
온다
아이의 뇌 속의 눈 속으로

뒤쪽 고무판을 건들면 분홍 불빛이 들어와 웃어주었다
자세히 들여다보아야 나타나는 회전축의
아주아주 작은 인형의 노란 링이 빙글빙글 돌아가면서
전자팽이처럼 반짝반짝 울어준다

그 안에 한 아이가 그네에 앉아 있다
은빛투명전자볼펜만 만지면 눈과 마음은 분홍과 파랑
으로
환히 밝아져 처음의 아이가 된다

아이의 은빛투명전자볼펜의 불빛이 희미해지지 않게
될까
유리창 속으로 아이 떠나고 은빛투명전자볼펜만 남았다

저 세상 아래 두고 온 은빛투명전자볼펜만 생각할 것
이다
　천사들의 손이 만든 은빛투명전자볼펜
　아이의 손이 가지고 놀던 은빛투명전자볼펜

뻬이징의 모래 한 알의 시

2008년 1월, 장밍샤에게

모래알 하나가 흔들리고 있다
같이 잠을 잔 남자는 아직도 침대에 누워 있다
아침 햇살이 위이잉 소리를 낸다
그 소리를 들으며 남자는 티베트의 풍속을 본다
나의 눈은 젤리 막 같고 개의 눈 같다
개의 눈은 인간의 눈보다 맑다
남자는 세탁기를 돌리고 물을 끓이고 있다
나를 닮은 모래알은 잠깐 움직인다
자신에게 집중하지 않는 게으른 남자를 질타한다
그대의 아침이여 지금 무엇을 보고 있느냐
그럼, 뻬이징 바람아 나는 너의 모래알이 되었다
누군가 고층 침대에 누워 나를 내려다본다
너의 관심은 쉬지 말아야 한다는 것에 있다
이제 유리 의안(義眼)의 모래알은 내가 된다
나는 내가 지금 어디 있는지 알지 못한다 나는
지금 모래알 같은 눈물을 흘리고 있다
저쪽, 저쪽에 눈물 같은 모래알이 흔들리고 있다
모래알은 눈물처럼 젖어 있지 않다

세실이 달린 차를 타며 남자가 남자를 부른다
그러나 음성은 방문을 뚫고 들어가지 못한다
모래알만 눈앞에서 흔들리고 있다
뻬이징 침대에서 멀지 않은 사막의 신기루처럼
황사바람처럼 남자의 눈썹처럼 뻬이징아
내 앞에서 모래알을 한 발짝이라도 굴려보아야지
잠깐 사이 돌변한 자신을 보도록
한 자리에 추운 아침을 한 세대 동안이나
저런 모습으로 멈추어 있는 것은 타당하지 않다
뻬이징의 꿈 같은 수정빛 모래알아
그러나 모래알은 흔들리고
모래알은 나의 눈동자 앞에 있다 메마른 눈알에
모래알 스치는 바람소리 들린다

발코니에 서 있는 여자

한 여자가 아파트에서 뛰어내렸다
그 여자가 왜 아파트를 뛰어내렸는지는 조사중이다

아파트에서 뛰어내린 여자를 조사해서
무엇에 이용할 것인지는 나는 알지 못한다
경찰은 폴리스 라인을 친다 바람에 흔들리는
죽음이 삶 앞에서 거짓이 되는 일상의 허점 같다
너무나 분명한 하나는
한 여자가 한국 서울에서 자신을 이기지 못하고
목숨을 끊었다는 사실이다

따지고 보자, 그것은 욕망과 집착의 충돌일 수 있다
아무튼 이 나라의 한 여자가
남자와 함께 마련한 아파트에서 뛰어내려 죽었다
한낮 동네 사람들은 동시에
그 여자가 보도블록에 떨어지는 소리를 들었다
여자가 땅바닥에 철커덕 떨어지는
아주 기분나쁜 소리가 들렸다고 여자들은 기억한다

모든 여자들은 아파트에서
떨어질 가능성과 뛰어내릴 위험성이 있다
아파트는 너무 높고 많은 수직이다 젊은 여자들은
바로 그 아파트의 발코니에서 잎과 꽃을 기른다
자신의 여자를 생각하고 물을 준다

발코니에서 빨래를 널다가 쓸데없이 화분을 옮기다가
천천히 혹은 돌발적으로 변할 수 있다
여자들이 날아갈 곳은 여자들이 뛰어내릴 곳은
저 밖으로 나 있는 발코니뿐인지도 모른다

발코니가 너무나 한국 여자와 닮았기 때문일까
발코니에 나가 있는 한국의 여자들이 불안하다
발코니에서 서성거리는 여자들은 위험하다

시간

젖은 신문처럼 젖어버린 한 시간이
쭈그려앉아 콩나물을 다듬는다
시간은 손톱으로 꽁지를 끊는다
나는 유리창처럼 낯선 시간이 된다
시간은 옛날 물레의 모습으로
흐린 창가에 아침부터 앉아 있다
실로 현생의 시간은 눈처럼 가까워
시간은 과거를 기억하지 않는다
시간은 한 남자의 시간이 아니다
어두운 베란다 창가에 시간은 혼자
무릎을 세우고 원숭이처럼 앉아
한 양푼의 콩나물을 다듬고 있다
명태 눈껍질 같은 콩나물 눈껍질
콩나물 눈껍질 같은 시간의 눈동자
한낮처럼 창밖을 지나가는 생은
텅, 두개골과 등뼈로 앉아 있다
낯익은 시간만 빈 몸으로 남아 있다

거미의 생에 가보았는가

천신만고 끝에 우리 네 식구는 문지방을 넘었다
아버지를 잃은 우리는 어떤 방에 들어갔다
아뜩했다 흐린 백열등 하나 천장 가운데 달랑 걸려 있어

밖에서 들어오는 바람에 간혹 줄이 흔들렸다

우리는 등을 쳐다보면서 삿자리를 건너가고 있었다
건너편에 뜯어진 벽지의 황토가 보였다 우리는 그리로
건너가고 윙 추억 같은 풍음이 들려왔다
귓속의 머리카락 같은 대롱에서 바람이 슬픈 소리를 냈다

모든 것은 이렇게 소리를 내며 지나갔다

인간들에게 어떤 시절이 지나가고 있는지는 모르겠지만
그 방에 늙은 학생같이 생긴 한 남자가
검은 책을 보고 있었다 우리는 그 남자의 바로
책 표지 밑을 지나가고 있었다

머리를 뒤로 넘긴 것 같은 조금 수척한 남자가 멈칫했다
앞에 가던 형아가 보였던 모양이다 남자는
형아를 쓸어서 밖으로 버리고 다시 책을 보기 시작했다
모친은 그 앞을 가로질러 나아갔다 아들이
사라진 지점에서 어미는 두리번거리고 서 있었다

그때 남자가 모친을 쓸어받아 문을 열고 한데로 버렸다
먼지처럼 날아갔다 남자는
뒤따라가는 아우에게 얇은 종이를 갖다대는 참이었다
마치 입에 물라는 듯이
아우는 종이 위로 올라섰다 순간 남자는
문을 열고 아우를 밖으로 내다버렸다

나는 뒤에서 앙 하고 소리치며 울었다 그 울음이
들릴 리가 만무했지만
그때 남자가 무언가 골똘한 생각에 빠진 것 같았다

혈육들은 그후 어떻게 됐는지 알 길이 없다

바람소리만 그날 밤새도록 어디론가 불어갔다 어둠속
삿자리 밑에서 나는 그를 가만히 쳐다보았다
알 수 없는 생각이 스쳐지나갔다 스쳐지나가는 생각이
슬프다는 생각조차 없었다

이것이 우리 가족의 긴 미래사였다
남자는 단지 거미를 죽이지 않고 내다버렸지만
그날밤 나는 찢어진 벽지 속 황토 흙 속으로 들어갔다

마천루 러브체인

러브체인이 흔들리고 있었죠 당신들 생각엔
내 속눈썹 가까이 그림자가 지나가던
하오, 그 하루가 돌다리 물을 건너갈 때
오색의 구름을 유리창에 비춰주었죠
꿈은 가여운 여름 끝의 엽육을 뚫은 뒤
벌레들이 구멍을 지나가게 열어두고 있었죠
향일을 위해 한줌 흙을 얻는다 해도
마천루 정상은 구름 속에 가려지고 말지요
창을 열고 소리치는 아이의 작은 얼굴
하늘에 묻히는 달처럼 아스라한 기억 속에
보세요, 이곳엔 죽고 없잖아요 물가의 잎새들
절대 열리지 않는 창가에 살면서
달개비의 알파벳을 받아쓰는 눈과 혀의
미끄러운 언어 나라 풀잎 지느러미들
환한 빛이 들어와요, 눈동자만한 손바닥들
엽맥의 목소리와 또 여름내 간지러운 글의
의미가 파랗게 도금되면서 말이에요
당신들은 알고 있었죠, 쌓이지 않는 빛들이

나의 손바닥을 뚫고 떠나가버렸음을
내가 상공의 바람처럼 물을 보냈다는 것을
그것이 말할 수 없는 언어라는 것을
지금도 허공을 열고 닫고 기억한다고 해요
러브체인의 빛은 그때부터 아팠다고 해요
이른 삭풍에 달개비들은 사라지고
러브체인은 마천루 창가에서 태양을 향했죠

나의 황폐화를 기념한다

나는 이미 황폐화를 시작했다
이 황폐화가 어디까지 나를 끌고 갈지 모른다
시를 뜯어고치기는 나를 뜯어고치기보다 어렵다
오래전, 시에 비할 것이 없었으므로
나의 앞에 수많은 생이 기다린다 해도 미완의
그 한 편의 시만 못했다,
더이상 시가 씌어지지 않는다는 건 변명
환상은 나를 무한의 유혹으로 떠돌게 할 것이고
너는 어느 메타포의 시궁창에 처박힐 것이다
계속 흔들리는 심실 근처, 밖에서 웅성대는 침묵들
저들이 임시로 꿰매놓은 내장의 아우성
너는 이런 것들을 어떻게 할 작정인가,
그들이 어떻게 먹고살 것인지를 생각해봤는가
꿈꾸는 것들의 하부에서 실종된 이름들
고쳐지지 않는 병력 같은 언어, 조사, 종결어미
한 편의 시를 쓰는 일은 꼭 하나의 외상을 남긴다
그럼에도 나는 나를 계속 변형한다
그때 네가 내리지 않을 역의 선착을 예측하고

누구보다 빨리 출발했지만,
결국 황폐화는 돌이킬 수 없는 시의 귀속
내가 도달할 곳은 오직 황폐화한 나의 이 내면
여기서 이름 없는 꽃이 피어날 것이다
그러므로 나는 이 도시 한쪽의 시단에 묻혀
이미 얼굴을 묻고 숨쉬고 있다

바늘구멍 속의 낙타

나는 지금 바늘구멍 속을 지나가고 있다
지겨운 머리통은 겨우 빠져나왔는데
어깨가 통 빠지지 않는다
이렇게 쌍봉낙타는 바늘구멍 속에 걸려 있다
지독한 비극은 해학이 되고 말았다
이 바늘은 이번에 운이 좋지 않은 것 같다
내 운명처럼 내 몸을 통과시키지 못할 것 같다
나는 바늘을 질질 끌고 간다
바늘이 목과 허리를 마구 찔러댄다

밖을 내다본다 구름이 한가롭다 지구가
이처럼 맑은 가을을 만들 때가 있다
한글이 만들어지던 조선 초기나 당대나 마찬가지
바늘구멍을 빠져나간 바람들이
신들의 양식이던 화강암 흰 돌을 우물우물 먹고 있다
또 한쪽 어깨가 빠지지 않는다
눈알도 귀도 입도 손도 다 빠져나왔는데
내 뒤에 있는 이 어깨가 나오지 않는다

웅신한 쌍봉낙타가 더럽게 바늘에 걸려 있다
처음 나의 목표는 전방 일 킬로미터가 아니었다
결국 나는 이렇게 바늘에 걸려 살 것이다
다 살고 나면 바늘만 그 자리에 남을 것
이 바늘구멍이 내 몸이 걸렸던 곳

이 사실을 누구도 기억할 수 없을 것이다
나의 죽음도 생각하며 생생하게 살아 있을 때
나는 목걸이처럼 바늘을 목에 걸고 저 길을 걸었다
보게, 나의 이 기막힌 바늘 목걸이를
엉거주춤 바늘구멍에 걸려 빠져나가지 못하는 나를
나는 지금 바늘구멍에 걸려 있다

파산자

어느날 아침 눈을 떠보니 나는 불행해져 있었다
자정 무렵 화장을 지운 아내는 아직도
침대 속에 다리를 걸친 채 늦잠을 즐기고
아이들은 옛 강의 고수부지로 나가고 없었다
냉장고와 세탁기, 텔레비전, 초현실주의 그림 들
그러고 보니 내가 축적한 재산이란 것이 고작
이런 것밖에 없었던 것 같다 파산법원의
명령이 다 끝난 날 나는 눈을 뜰 수가 없었다
나의 모든 프로쎄스와 학업과 결혼과 출산 들이
여기서 이렇게 멈추어버리고 말았던 것
나의 아침은 너무나 무겁고 어두웠다
나의 이 서울의 마지막 아침은 처참하였다
참구할 수가 없다 나의 모든 관계의 당사자들을
나는 내가 얼마나 숨가쁘게 살아왔는지
갑자기 오물을 토할 것 같은 울음이 울렁였다
기억할 수 없는, 복원할 수 없는 나의 파산
나는 그 이후의 나를 기억하지 못한다
나는 아무에게도 유언을 남기지 않았다 나는

오늘부터 이 도시와 무관한 한 부재로 남는다
어디선가 해조음이 들려오다 조용해졌다
나는 저 지상의 내가 없어지는 것을 알고 있었다

물구나무서기하는 나

아버지가 물구나무서기를 즐긴다
얼마전부터 아버지가 물구나무서기를 시작했다
공중으로 번쩍 다리를 쳐들고
뒤에서 보고 있는 우리를 아랑곳하지 않는다
벽에 발꿈치도 대지 않는다
우리는 아버지를 보고 웃었다 거꾸로 선 아버지라고
아버지는 책상에서 뭔가를 하루종일 쓴다

깜박 잊고 엇차, 하는 소리 들려 돌아보면 아버지는
영락없이 물구나무서기를 한다 하루에 몇번씩
물구나무서기를 잊지 않으려고 물구나무서기를 한다

최근엔 물구나무서기 시간이 길어지고 있다
식구들은 물구나무서기하는 아버지에 관심이 없다
조만간 우리집은 해체될지 모른다
우리집은 아버지가 무언가를 쉬지 않고 쓰는 집
아버지가 물구나무서기를 하는 집
아버지는 대체 뭘 저렇게 써놓는 걸까

아버지는 저렇게 물구나무서기만 하다 돌아가실 건가

아버지가 우리를 빤히 들여다보고 있다

조금 비켜주시지 않겠습니까
달개비의 사생활 2

내 잎사귀의 모양만큼만 햇빛이 들어왔다 내 눈에
만져진 광량은 환했고 깨끗했다
지하에서 음지식물들이 자꾸 기침을 할 무렵
식물대는 찢어지면서 물들은 비명을 지르곤 했다
새가 날아간 듯 풀들이 놀라 눈을 뜨지만
그들은 아무런 장비가 없는 보호받아야 하는 존재들
구불텅한 달걀 외피 모양의 잎사귀뿐
아무리 수많은 햇살이 하늘에서 쏟아지고 있어도
내게 필요한 면적은 다만 나의 잎사귀 형상뿐
저 무량의 빛들이 다 받아야 할 건 아니다
내 줄기 속에 한줌쯤의 어둠이 있다고 말하지 마라
죽음이 숨어 있다고 예측하지 마라
나는 일년초, 나는 절대 너희와 월동하지 않는다
보라, 나는 죽어서 건너온다 너희에게
눈도 뜰 수 없는 딱딱한 땅속 겨울의 동결 속으로
돌아가리란 이것만 기억한다, 흙과 뿌리
한낱 생장점과 기억의 무늬들
언제나 내 잎사귀의 면적에만 햇살이 들이친다

그리고 가끔 어두워지고 밝아지곤 하지만
내 가느다란 피막이 감각의 구멍을 통해 느끼길
잠깐 여보세요, 조금만 비켜서주시지 않겠습니까

달개비의 사생활

덩굴져 포복한다 어떤 선의도 없이
알 수 없는 욕정이 앞으로 뻗어나갔다
아이들이 그 줄기 끝에 매달려 전율한다
눈 뜬 채 아무것도 보지 않으며
아무것도 보이지 않는 곳에서
혹은 어둠속에서 개가 짖는 것처럼
새파란 줄기의 기(氣)들이 줄 서 갔다
무릎이 깨진 뒤 물의 입이 허공에 대고
돌아오리라곤 꿈도 꾸지 않으면서
항설대 하한선을 넘을 수 없었지만
그들은 개천 밑에 숨었다가
텅 빈 줄기로 눈부신 입을 내뿜었다
그 시절, 운무와 공기는 연애 같았다,
너무나 은밀하고 가벼운 관계
화려한 달개비 잎사귀와 보라색 꽃처럼
주변을 속삭임으로 흩트려놓고
홀로 알도록 버려두었다
둑 너머 경주용차보다 빠르고 가볍게

태양의 씨줄보다 더 세밀하고 강하게
우리가 있을 곳을 점령하게 하고
끊을 수 없는 첫 욕정을 펼쳐주었다
그 풀물을 씻기 위해
손에 비누칠할 수 있는 밤이 왔다
스프링처럼 함께 흔들리는 달개비들의
잊을 수 없는 은밀한 쾌락의 소음
나는 앉아 있는 그대에게 다가간다

우스꽝스러운 새벽의 절망 앞에

그는 새벽하늘에 불을 켜놓고 시를 쓴다
시를 쓴다는 것은 무언가를 지우는 짓
핏속에 담아 감금하는 고통처럼
끝없이 지워도 지워지지 않는 영혼 반복의,
그 살아 있는 순간을 경험하지 않길 원한다
샌드페이퍼로 살을 깎듯, 혼자 라식수술을 하듯
새벽까지 저 하늘에서 불을 밝혀놓고
언어의 꿈을 꾸는 저 기형의 한 남자를 보라,

저 불면이 얼마나 우스꽝스러운지 모르는
시가 도달할 수 없는 핏빛 절망의 벽
혈액 같은 파지는 생생한 손에 들려 있어도
노을보다 진한 투과를 아는가, 내심
공중에 걸려 내려오지 못하는 허상의 복명들
결국 남자는 새벽에 도착할 것이다,
상처투성이 산을 허물어뜨리며
형상할 수 없는, 뜻밖의 언어 부재 속으로
굴러떨어지듯 첫 지하철이 밑을 통과할 때

기막힌 가계

우리집은 풍운의 집이다
수많은 돛과 수레가 일어났다 사라졌다
그 이름 다 헤아릴 수 없다
그 사건 다 수첩에 기록할 수 없다
지수화풍이 쉴새없이 왔다 갔다
내장이 썩어버리고 빌딩이 무너지고
어판장에 달라붙고 강물에 비치다 사라졌지
문어 형상의 기다란 골을 들고 다니며
해석할 수 없는 웃음 속에
무거운 의수를 양팔에 들고 다녔다

우리집은 멸망의 집이다
수많은 아버지의 머리가 깨어져나갔다
미인들이 계속계속 족외혼을 해와도
아무리 MPI*가 높아져도 소용없었다
쉴새없이 멸망했다
알 수 없는 명령을 따라 쉬지 않고 달려왔다
바람과 구름의 집안

나도 그 줄기를 따라 정신없이 달려간다
유전자의 명령을 지극정성 받들며
다만 의심한다

하지만 나는 가끔 뛰쳐나와 그 모습을
면전에서 옆에서 뒤통수에서 볼 수 있다
고작 그것만이 내가 할 일
나도 사라지고 나타나느라 정신없지만
용서하자, 이제 그것들의 이름을
여기 백지에 적는다
그것들은 모두 나라는 이름의 환상

가계는 아무도 가져갈 수가 없다
매매와 양도가 불가능한 끔찍한 가계사
내 몸속에 와 있는 우리집
육비유(六比喩)의 정신의 일어났다 쓰러지는 집안
나의 손과 뇌수와 시는 다 어디 가버렸는가
영원한 웃음거리 아이러니 패러독스

한 여자가 떠난 뒤 나는

당분간 아름다운 시를 쓰지 못할 것이다

* 남성부모투자(male parental investment). 인류에게 여성의 족
  외혼이 지속되는 까닭은 이것을 높이기 위한 것으로 알려져
  있다.

어느새 사자를 통과하고 있다

그대가 누워야 이 사회가 조용해진다
그대가 땅에 질질 끌려가야 고통은 멈춘다
거대한 얼굴의 이빨이 넘어뜨린 의식의 불명
몸체가 덮쳤고, 그가 문 목울대가 깨지면서
나는 가슴 밑에 쓰러졌다 그의
나무그늘 밑으로 끌고 가 온몸에 키스하기 시작한다
그의 입엔 톱과 망치가 달려 있었다
그가 물어뜯는 소리를 박동 밑에서 듣는다 쿵, 쿵, 쿵
연하고 기다란 창자를 물어 뜯어냈다
나는 그를, 눈 뜬 채 쳐다보고 있다
그들이 이렇게 건너와 단련되고 깊어진 뒤 용서되고
도시의 마천루와 하수도를 만들었을까
어둠을 건너 다른 생으로 건너갈 때 예상한 두려움은
포만감으로 바위에 배를 붙이고 엎드린 그대
염라대왕의 얼굴,
부드러운 내장을 주무르고 밀어내고 섞으면서
저 먼 곳으로부터 악천후적 졸음이 찾아오는 것인가
우리는 창자가 되어 어디선가 무명의

피 묻은 지방으로 부르튼 내장을 회칠할 것이며
다른 생의 얼굴을 품고 지옥의 여름을 내다보는 초원
살점을 찢어 삼키듯 주검을 마싸지하는
그대 자신의 눈빛으로 나의 뱃구레를 지나간다
구름처럼 그대를 뻔히 내다보고 있는 지금의 나를
현재 몇년 몇월 며칠 몇시라야 옳겠는가

보고르식물원을 향하여

보고르식물원에서 소식이 왔다
보고르식물원에 한 남자가 나타났다고
녹색 문이 열리고 그가 통과했다고

나는 보고르식물원에 영원히 갈 수 없다
나는 보고르식물원에서
무슨 꽃들이 열리고 있는지 모른다
덩굴손과 보고르식물원은 멀다

보고르식물원에서 살다 거기서 죽은 그는
식물들의 시간 속에서 사라지는
아뢰야 시간의 재미를 안다

유용한 인간의 시간을 계측하지 않으므로
보고르식물원은 한적하다
환한 열대야가 만나는 수평선 너머, 너머
스스로 치유하지 않는 시간들

인간들처럼 식물들이 살다가 죽는
한 계보의 식물에게 그러나 혈통은 없다
바람과 수분은 인간의 탐방과 말소리에
관계하지 않는다

보고르식물원에 가면 나는 사라진다
문득, 식물에 근접한 인간은 다시 문득
낯선 인상의 활엽이 된다

그 상공에서 팔을 흔들어준다, 책처럼
맹아의 나는 직립해서,
아침 너머 그 보고르식물원을 향한다
꿈으로 잎으로 바람으로 무감으로

뒷산 새끼돼지들의 여름
마지막 서울의 산보

돼지풀과 달개비가 피어 있는 둑 아래
새끼돼지들이 꿀꿀거리며 돌아다닌다 흙을 파고 뚫으며
그래서 입이 손 같고 손이 입 같아졌다
무엇이 바쁜지, 하는 일이 없으면서
빨간 귀를 흔들면서 코를 꿀꿀 불어댄다, 나는 매일
뒷산에 들어와 돼지들이 잘 지내는지 보고 돌아간다
귀여운 새끼들, 이빨과 혀가 있는 둥근 타원형 주둥이들
일품의 조물(造物)은 아니라도
달개비와 돼지풀이 무성한 둑 아래
살이 빨간 새끼돼지들이 물과 바람과 놀다 사라지려 한다,
바람 속에 실려 이제 가려 한다,
나는 그걸 눈치채고 자주 그곳을 방문한다,
그들은 내가 왔는지 가는지 상관을 않는다
나는 그게 좋다, 곧 낙엽이 지면 그들 숫자는 줄고,
먼 곳에서 습하고 찬 바람이 불어와
아름다운 돼지 궁둥이를 한참 볼 수 없게 될 것이다
다시 그들은 풀처럼,
내년 봄에 나와 꿀꿀거리며 소란하게 돌아다닐 것이다

나는 그때, 그들이 소리라는 것을 알게 되길 바란다
다른 곳을 범하지 않고 자기들 영역에서만
떠들다 다시 올해 가을처럼 돌아가는,

'암(癌)'자 화두
서울 X병원에서

그녀는 오늘까지 백일을 누워 앓는다
살 속의 신경망을 잡아당기는 낚싯줄
그녀는 점점 침대로 변신한다
더워라, 만근 고통의 꽃이 핀다
온몸을 난자한 듯 작은 혀만 살아 있다
고양이 혓바닥 살점만한 그녀는
단말마의 고통을 경멸처럼 내뱉는다
죽음이 공포를 망각하려 싸운다
골육을 비트는 사투가 페인팅한 방
침대에서 총알이 터지고 창이 솟는다
여자는 노예가 된다 뼈를 짓누르는
건들면 울리는 피아노의 건반 같은
고통을 받치는 네 귀의 뼈의 침대
여자는 쩍쩍 달라붙는 고함을 지른다
갈기갈기 찢어지는 만신창이 육체
죽을 때 너의 욕된 육체를 뱉어버려라
악몽처럼 지긋지긋한 백하루째
뼈를 가르는 한마디 한마디로

고층크레인은 여자의 뼈를 들어올린다
공중에 철근을 번쩍 들어올려놓는다

결코 조용하지 않은 시에게

이제 나는 고요를 키우지 않는다
소란을 나의 종(宗)으로 삼는다
눈이 어두운 나는 소란 속에
커다랗게 귀를 열어놓고 시를 쓴다
그 귀는 마치 마귀 귀 같지만
소란을 지우면 나는 빈 껍데기
바간*의 2,500개 황금빛 탑처럼
침묵이 가을의 궤도를 가는 반대편
이 도시에서 소란을 듣는다
오늘이 아니라 어제부터 나는
소란 속에서 시를 쓴다 그러므로
나에게 소란만이 현실의 실증이다
소란이 없는 곳은 죽은 곳
나는 소란을 불러 소란을 쓴다
소란이 없으면 언어는 불안해하고
나의 시는 진행되지 않는다
나는 침묵을 데리고 소란을 찾는다
소란을 가까이하고 소란과 함께

소란 속에서 살아가기 위해
나는 마귀의 귓바퀴를 의지한다
저 빛을 놓칠 수 없는 나는
언어에게 소란을 돌려주려 한다
고요는 소란을 숨기는 형식
어둠속에서 아무것도 쓸 수 없다
소란에서 말은 여가 없이 활동한다
참 현란한 소란과 소란 사이
언어를 붙들어매는 한 단의 숨
나의 시는 소란 속에 정교해진다

* 몽골의 침략과 최근의 지진으로 절반 이상이 파괴되고 현재는
2,500여개의 탑이 남아 있는 미얀마의 불교 유적지.

로마 아침 K 호텔에서

잠이 깨지 않았으면 좋겠어 했어
사람 소리가 들리지 않았으면 했지
저 풀들이나 호텔 뒷길 공기처럼
주옥같은 시편도 새빨간 튤립꽃도
나에겐 너무 먼 곳에 있을 뿐이야
모닝콜도 듣고 싶지 않았어
아침이 차량 소음처럼 지나갔으면 했지
미궁처럼 길 모르는 도심 속을 말이지
손끝이 깨어나지 않았으면 했지
어떤 기억도 몸을 찾아오지 말길 원했어
갑자기 하고 싶은 것들이 사라졌지
하고, 나는 나에게 속삭였어
깜짝 놀란 나는 내 말에 귀를 기울였지
침대 시트에 얼굴을 묻은 채
그때 찢어진 가지와 가지가 보였어
까닭없이 내 몸은 통곡하고 싶어했지
달이 창에 거꾸로 걸려 있는
햇살이 시끄러운 성채 그 안쪽에서

모든 고통을 다 받아내지 못할지라도
거울 속의 낯선 한 남자여
다시 이 아침을 찾아올 수 없겠기에
나는 지금 거울 앞에 서 있다
로마 호텔, 그 아침에 멈춰 있다

0.1밀리미터의 러브체인

러브체인은 0.1밀리를 경계한다
러브체인은 앞으로 뻗지 않고 허공을 갉아먹는다
허공이 자신의 것이 아님을 안다
러브체인은 건너지 않을 수 있다면 건너지 않는다
다른 영역을 침범하지 않는 게 원칙이다
사람들은 뒤에서 러브체인이 소심하다고 말한다
거미줄을 타고 방 안을 건너가는 러브체인
질량 없이 앞으로 뻗기가 용이할까?
그러나 러브체인은 자신을 확장하지 않는다
러브체인의 공포는 성장을 통제하는 데 집중한다
그의 잎은 와이셔츠 단추보다 작다
생의 의지는 더 크지 않으려는 안간힘에 달려 있다
철사 같은 0.1밀리 러브체인의 고통

꽃이 올라오는 나이테

눈이 녹으면 붉은 소나무 물관부에 수많은 물방울이
반응을 시작한다
그 속에 꼭 하나 상승하지 않는 한 존재의 꽃이 있다
꽃이 위로 넘치지 않으려는 것을 알고, 주인은
송아지 모양의 태아가 배꼽에서 올라가지 않게 누른다
모든 꽃들에게 길을 피해주는 한 송이 미지의 꽃만
어지러운 가지 끝으로 나가 혼백을 열지 않는다
소철의 성에꽃처럼 운다, 꽃 한 존재를 가슴에 담고 서
있는
모든 꽃이 피어나고 말아도 결코 피지 않는 얼음의 언어
물관부 속에서 몸을 바꾸고 올라갔다 거꾸로 내려간다,
수많은 꽃들이 밖에서 몸을 다치는 순간에도
피어나 돌아가지도 사라지지도 않는 이빨 같은 돌꽃 하나,
붉은 소나무 속에 존재하는 저 부를 수 없는 이름을,
심야의 강설 속 목질부에 두고
한 존재의 꽃은 얼음백자처럼 하얗게 얼어붙는다
아 얼음 속에 꽃이 광음처럼 달려가고 있다

나혜석을 보는 나혜석

자신의 딸 같은 나혜석이다
자신을 쳐다보는 나혜석을 모르는 나혜석은,
나혜석을 향해 가는 장님달
나혜석은 자신의 시간을 해체할 수 없다
핸드백을 팔에 걸고 하늘로 솟아버릴 듯
어디론가 출타하는 나혜석, 멀리 나앉아버린 생
자기 앞의 전기 나혜석
자신의 어머니 같은 나혜석의 후기 생
이 거리에선 다른 나혜석이 존재하지 못한다
이제 자신을 잊어가는 부조의 나혜석
아무것도 없는 텅 빈 껍데기
여름에도 겨울에도 자신을 찾아오지 않는다
두 손 포갠, 조용한 망각의 한 여자
하나는 둘 하나는 둘 아닌 말없는 나혜석
한밤 혼자 꿈 안 꾸는 나혜석

부디 나무뿌리처럼 늙어라
자화상

해가 지고 석양이 컴컴한 문짝 뒤에 가만히 앉아 있는
늙은 나
　사람들이 떠들면 황혼이 멍한 혼란을 내다보는 어둠속 나
　구부러진 오이를 잡고 종일 다 못 먹고 쥐고만 있는 나
　늙은 뼈들은 어디서 시간을 축내고 마른 빵을 뜯어먹고
있을까
　지금 나는 없는 것처럼 숨죽여 숨을 들이쉬고 내쉬는 나
　그런 날이 아침 속에 왔음을 눈 밝은 사람 몇이 알고 갈
것이다

사랑의 고무지우개똥

사랑도 지워집니다, 사랑을 잠시 쉬고 연필 끝
고무머리로 삭삭 밀면
사랑은 몇줄의 지우개똥으로 남습니다

지워지는 사랑은 떨기를 떨어뜨리는 꽃

다음 사랑 위에 다른 사랑을 씁니다
조용히 다른 사랑은 다음 사랑을 받아들입니다
사랑 위에 다른 풀, 새 사랑 속에 묻힙니다
사랑이 어려운 건 사랑이 우리를 바람처럼
지나가기 때문입니다

그러기에 사랑은 언제나 용서돼야 합니다
사람들은 사라져도 사랑은 사라지지 않고 사랑합니다
거리에 돌아오는 바람처럼, 꽃처럼

나중에 모두 몽당연필이 되는 사랑은 새 향나무
육각연필로 쓰는 행위입니다

말랑한 머리고무로 다 지울 수 없는 사랑을
모두 쓰고 나면 그제사 우리가 눈뜨는 사랑이란
이 지상에 없습니다 가벼운 사랑이여

우리 몸은 한 자루의 육각연필

도자기가 된 목소리들
대설주의보

사랑이 과해 지붕이 무너졌다
성대를 도자기처럼 길게 빠져나가는 그림자들의 목소리

냉기가 숭숭거리는 하늘 구름
돼지 목소리만큼 흰 돼지 이빨들의 나라
흙빛 발가락 사이 얼어붙은 쥐들의 작은 입
얼마나 종알대듯 갉아대며 왔을까, 가칠한 구멍과 세계는
시간의 꽁댕이들, 눈 쓰레기 저쪽 나태한 의식들

18층 사다리차들이 구름까지 물구나무서기를 한다

얼음공기를 입에 문 보라색 입술들
어른들이 만든 심연으로 가는 장난스런 죽음도 춥지 않아
날개 밑에 계륵을 감추고 소멸하는 점이 된다

언제나 타자의 삶도 반성하기 위해
우르릉, 상공은 주먹 강설을 시작했던 것
기상대는 동태 눈알 속에 하얗게 얼어붙은 채, 고드름

처럼
　오랜 감기를 붙들고
　콜록, 콜록 산간에 눈구름의 병풍, 대설주의보를 내리
친다,

　거대한 대설주의보 플래카드
　펄럭, 펄럭 얼어붙은 돼지들의 하얀 도자기 목소리

　사랑이 넘쳐 쥐들도 살던 축사가 무너졌다

미토콘드리아에 사무치다

가마득한 봄날 새학기 교과서에서 배운 미토콘드리아의 꿈이
땅거미 속에 찢어진 날개를 치고 있다
뜻밖에 어딘가로부터 그들이 찾아왔다는 사실
아무도 없는 집 마루 안, 마당을 등진 거울에
다친 얼굴을 집어넣고 싶었던 날들, 그 오랜 뒷날의 구서울

나는 그대들을 본 적이 없다 저녁처럼 풀처럼 살아가고 있어
꽃과 잎이 같이 피는 애오개 목마름쯤,
문 닫은 도서관 얼룩진, 건너편 붉은 보도블록 근처
먼지만한 미토콘드리아의 신기루 조각들이 날아다니고 있다

봄밤, 들어오는 차 돌아가는 차 모든 지붕에
죽은 자들이 걸어가는 저 슬픈 시간 속, 미토콘드리아들이여

전조등은 밝고 미등은 슬프지? 아니 슬프지 않다

아주 잊혀진 교과서 속 숨결의 미토콘드리아들

망사 그림자, 침묵의 호명 그 망막에 걸려 찢어지며 통과한다

액자 밖의 시인

한 남자가 액자 속으로 들어가려 기를 쓴다

액자는 시인 수용을 영원히 거부했다 고통 없는 세월 좋아한다

사람이 죽는 일은 현대 문제만이 아니다

권태와 욕망 둘의 쟁투관계

사실 모든 진자들은 액자 속으로 들어가기를 꿈꾼다

흔한 포즈 퍼포먼스에 불과할 뿐 거짓 고통들이 판을 친다

이 거짓 속에 모든 것이 투자되고 버려진다

사자들은 현대 너머의 액자 속에서 우리를 향해 미소짓는다

유리섬유 속에 직조한 미세 광케이블을 질주하면서

그가 갑자기 소리쳤다,

액자를 벽에 걸어놓고 들어가면 됩니까! 구두를 신고 액자 안으로

머리부터 집어넣으면 됩니까! 양말을 벗어들고요? 아니면

아래는 잘라내고 당신은 상반신만 들어갔습니까?

글 한 줄 쓰면서,

얼굴만 들어간 이상한 문인들의 액자엔 평화가 있다

액자 속에서 액자 틀을 잡고 밖을 내다본다

눈부신 저 액자 안으로 들어가기에 내 몸은 너무 비대한

가?

12월, 액자에 눈발이 흩날리고 대한 속 한잔처럼 평화

롭다

시퍼런 칼날의 세월

구두주걱 같은 칼, 나팔형의 칼, 병 모양 칼, 나뭇가지 형
상의 칼이
내 귀밑으로 들어간 뒤 지금도 계속 들어가고 있다
작은골, 등골, 뇌하수체, 핏줄, 신경줄기, 세포줄기를
지나
나의 뼈 사이, 기억 사이, 장기들 사이를 빠져 지나간
다음
아가타, 하나의 흉터도 없이
쓴 언어가 다 쓰고 지나간 흔적을 남기지 않아도
아직도 쓰리게 칼날 지나가는 소리로 살아 있음을 뒤늦
게 느껴,
그 틈이 벌어지며 야릇한 모양의 칼날들 사라져
아가타, 나팔꽃 모양의 칼, 책 모양의 칼, 고깔 모양의
칼, 발 모양의 칼
이 망측한 칼날 연장들이 내 몸속을 돌아다닌다
네놈이 기어코 이제 늙음과 병고의 함정으로 이동을 시
작했는지
오늘 아침, 그 망측한 칼로 구두를 신는 나의 모습

그렇게 오랜 세월이 흘렀는데도 아직 아무런 소식이 오지 않는다

지하 천호역 화장실

추웠다 화장실로 뛰어 들어섰다 찡한 두통이 왔다 변기
에서
아 이 지겨운 슬픔의 성욕과 살기
살아야 한다는 절박함이 여기엔 남아 있었다
지린내가 콧속을 찔러 분기탱천했다, 일부 슬픔이 얼었다
첫겨울 화장실에서 얼마 만에 맡는 서울내
이놈 저놈 놓고 뛰어가버린 아침
괴춤에 대강 넣고 촘촘히 사라져간 노폐물이다
오늘은 왠지 겨울 자락가 된 적막하고 썰렁한,
요가 약냄새가 남고 숙취 붙는 이상야릇한 화장실의
그 악취가 달았다
배출하는 요 양만큼 체온만큼 몸이 열리는 지렁이만한
살구멍
천호동 현대백화점 6번 출구로 가다가 얼른 들춘 추위
때낀 귀에지 같은 변기 요도의 머나먼 길을 찾아온
2005년식 화장실, 암모니아내
신장과 핏줄과 오줌길로 이어지는 저 난로를 놓은 화장
실에서

나는 무변(無邊)을 맛본다 짜릿한 살이 떨리는 변기 앞

혀를 자르고 뱀을 보이면서 살아가는

귓바람이라도 막겠다고 코트깃을 세우고 사라지는 사
람들

요도 끝이 아팠다, 아내여

검은 백설악에 다가서다

언제나 궁기가 있는 컴컴한 설악의 속초 겨울 담
천 아래 한데, 나는 늘 눈 내린 금강송 밑에 다녀
온 나그네 문청(文靑)처럼 궁금한 주민과 함께
연탄불에 마른오징어를 구워먹는 꿈을 꾼다

한줄기 바람을 뿜어내면 성채를 그리는 겨울 영혼
가장 높은 곳을 두고 나는 능선에서 살았다
한 사자의 관의 부피만큼의 눈처럼 내 영지에는
골짜기로 눈 쌓여 날카로운 칼끝의 판화를 새겼고
주목들은 처절한 절규를 허공에 내뱉었다
너는 항상 그 지금의 시간에 도착하지 못한 채
설악아, 이게 내가 가장 먼 곳에 와 있다는 증명서
어느 목이 너의 정말 호명을 불러낼 수 있겠느냐
폭설이 내리붓다 바람이 폐부에 고드름발 치는 날
엑스레이는 절벽들을 비켜갔다, 연대를 넘어
다시는 그 음성 들려오지 않았고 끊어지고 말았다
얼음벽을 스치고 간 햇살들은 수없이 많았으나
그 누구의 간교한 메타포의 말도 듣지 않고
다시 그 음성 들으려 한줄기 바람을 흡하는 그대
품속에 저 흑백의 장엄한 설산을 안고 울든

험상궂은 혹한 속의 따뜻함을 누리며 숨어 살든
그리해 갈급한 영혼에 메마른 샛길 하나 내는 일
어디서 한 포기 갈대꽃 비명을 지를지라도
저 끝의 입술이 아닌 폐혈관의 입을 열 수 있다면
한줄기 바람은 성채를 그려 너에게 바칠 것
싸늘한 한천의 눈꽃아 나는 죽음 속에 갇혀 있어
화아, 설악이여 나의 숨은 아직 고르지 못해
저 작은 유리창에 흰 성에꽃 아침을 칠 줄 모른다

광케이블의 기적의 시

얼마나 빠르고 강한지 나중에 말해주지,
내 몸을 얼마나 빨리 통과했는지도
천년의 풀이 지나가도 그 얼음을 녹이진 못하리
번쩍 팔을 들어 마음을 찍으면
육체가 부서지는가, 천년을 묻는 광케이블 피복 속 황금
빛 유리섬유가
폭발할 듯 가닥가닥 차 있다, 줄기세포처럼
밝혀지는 슬픈 핵처럼
그러나 끝까지 비밀을 안고 뻗어가는 줄기세포처럼
가슴이 터질 듯 절단한 광케이블 끝을 응시하는
저 섬광의 통로는 기적을 실험하고 있는가
미세소음도 제거해버린,
얼음의 침묵은 광케이블 줄기를 타고 사라져라!
오이, 방울토마토, 그리고 나의 강아지들
잊을 수 없는 불멸의 슬픈 똥강아지들
그러나 두고 보라 광케이블은 끝까지 가리라

시간의 골상학

김종훈

고형렬은 『나는 에르덴조 사원에 없다』에서도 여전히, 하나의 전언에 이르기 위해 여러 절차를 밟고 있다. 서둘러 뜻을 파악하기를 원하는 독법을 거스르는 그의 시쓰기 방식은 예전부터 이어온 것이다. 따라서 특정한 대상이 그를 주저하게 한다고 이해하기보다는 차라리 그 자체가 그의 시적 개성이라고 해야겠다.

물방울이 정지한다, 어찌할 것인가, 바람이 떨고 있다, 나는 경험한다 날개를, 나를 경험한다, 마침내 나는 유리창이다, 아 너무나 작은, 물방울의 날개여

나는…… 날개의 나는, 찢어지고 절망한다, 이 불완전한 문장을 지울 수만 있다면, 저쪽에 오롯이 그것들의

날개를 펼칠 것인데

—「어느날은 투명유리창의 이것만이」부분

물방울이 위태로워 보이듯이 그도 힘겹게 말을 이어가고 있다. 그런데 유리창을 자신과 겹쳐놓는 기제는 여느 시에서도 많이 볼 수 있는 것이다. 일반언어가 관장하는 공동체는 너와 나의 구별과 자리바꿈의 가능성을 전제로 구성되지만 시의 언어는 이와같은 전제를 창조적 직관으로 부수고 한순간 그 둘의 일치를 연출한다. "나는 유리창이다"라는 발화는 이러한 시의 기제를 모범적으로 따르고 있다. 그렇다고 이것을 고형렬의 시적 개성이라고 보기는 어렵다. 그것은 오히려 그 뒤에서 찾을 수 있다.

일반적으로 구별되는 대상을 잇대었다는 점에서 이 작업 뒤에 찾아오는 감정은 성취감이어야 할 것이다. 그러나 그는 인식의 확대에서 오는 성취감과는 다른 감정을 느낀다. 유리창과 자신이 겹쳐지며 생겨난 날개를 느낀 뒤 그는 비상의 욕망을 품기보다는 그 날개가 찢어질지 모른다고 걱정한다. 그는 의심하는 것 같다. 어쩌면 자신이 만든 문장이 마법을 이룬 것이 아니라 속임수를 쓴 것은 아닐까. 마법은 현실을 바꾸지만 속임수는 현실을 그대로 둔 채 보는 이의 눈을 가릴 뿐이다. 속임수는 눈을 현혹하면서 세상을 누락시킨다.

그는 "오롯이 그것들의 날개를 펼"쳐 "저쪽"에 닿고자 한다. 그러나 그곳에 가기 위해서는 "불완전한 문장을 지"워야 한다. 마법의 세계인 줄 알았는데, 침묵의 세계였다. 그 침묵이 관장하는 세계는 애초부터 있는 무의 세계가 아니라 말의 한계를 인식하는 곳에서만 환기되는, 그러므로 말이 결코 도달할 수 없는 부재의 세계인 것이다.

이 부재의 세계, 말에 의해 소외된 세계에 대한 인식은 논리와 규율에 의탁해 뻗어가는 말의 행로를 방해한다. 고형렬의 시가 중언부언한다고 비친다면, 그것은 예전부터 이 소외의 힘이 계속해서 작용해왔기 때문일 것이다. 『나는 에르덴조 사원에 없다』에서 그 힘은 말 자체의 무력감과 관련하여 더욱 짙게 드러난다. "새벽까지 저 하늘에서 불을 밝혀놓고/언어의 꿈을 꾸는" 시인이 "끝없이 지워도 지워지지 않는 영혼 반복"의 고통을 감내하면서 도착하는 곳은 "시가 도달할 수 없는 핏빛 절망의 벽"(「우스꽝스러운 새벽의 절망 앞에」)이다. 자신이 써내려가는 시의 언어가 일반규범에 포함된다는 의식 아래에서, 말을 뱉는 순간 마법이 일어나는 것이 아니라 분별과 위계의 벽이 생겨나는 것을 그는 체험한다.

이 책은 다시는 장미로 돌아가지 않을 것이다
이 작은 책의 글을 돌 속에 영원히 간직할 것이다

나는 이제 이 언덕에서 다른 꿈을 꾸지 않는다
어젯밤 어떻게 장미가 책이 됐는지 통 알 수 없어
무엇으로 그것들이 내게 다시 돌아왔는지
어느날 반투명의 책이 되는 몇송이 장미들이
내가 이해할 수 없는 것들로 갑자기 찾아왔던 것
낙망 속에 기다림도 없는 빛과 어둠 속에서

—「장미가 책이」 부분

　시가 만드는 마법의 순간은 의도에 의해서 연출되지 않는다. 그 순간은 우연을 따를 뿐이다. 하지만 그 우연은 그 순간에 도달하기 위해 거듭되었던 실패한 시도를 간직한다. 붉은 장미가 책으로 태어나도 그는 그 이유를 알 수 없다. 이해의 순간 너머에서 그 순간은 '갑자기' 찾아오기 때문이다. 장미로 대변되는 세상은 책으로 대변되는 시의 세계에 그렇게 찾아온다. 그런데 왜 그 책은 세상을 조금은 비추는 '반투명'의 모습을 하고 있는 걸까.

　그는 일반언어의 규율을 인식하고 스스로 그 안에 자신을 가둔다. "나는 너의 이름을 보고 싶어 만지고 싶어"(「옥수수수염귀뚜라미의 기억」)에서 자신의 바람을 '너'가 아니라 '너의 이름'에 풀어놓는 것도 그의 인식이 말의 영역 안에서 이루어진다는 것을 보여주는 예라 할 수 있다. 시의 언어는 일반언어가 애써 분별해놓은 특성을 무화시킴으로써 자신의 특성을 확보하지만, 고형렬의 의식은 자신의 언어가 그 분별과 위계를 따른다는 절망감으로 가득하다.

나는 지금 에르덴조 사원에 없다
이 문장은 성립하지 않고 시상이 전개되지 않는다
나는 지금 에르덴조 사원에 없다는 말은
상상할 수 없는 걸 상상하므로 항상 제기되는 문제다
그러나 나는 에르덴조 사원에 있다
증명할 길이 없지만 나는 지금 에르덴조 사원에 있다
에르덴조 사원에서 에르덴조 사원을 생각하거나
나는 지금 에르덴조 사원에 없다고 생각하는 사람을
생각하려다가 생각을 못하고 놓친다
그들은 먼 나의 생각 사이를 교묘하게 빠져나간다
문장 성립은 둘째치고 나는 늘 이렇다
나는 이 사유 자체의 어려움에서 벗어나지 못한다
나는 에르덴조 사원에 없다는 말이 꼭 성립해야 하는가
(…)
허나 에르덴조 사원에 없는 내가 너무나 고독하다
음률을 맞추며 고통스러워하는 자의 행보
왜 나는 에르덴조 사원에 없는 나를 생각하고 있는가
나는 이 문장을 떠올리며 슬퍼한다
에르덴조 사원에 없는 나는 어디를 헤매고 있는지

그런데 그대여 왜 그대는 에르덴조 사원엔 없는 건가

　　　　　　　　　　　　　　　—「나는 에르덴조 사원에 없다」 부분

　그는 에르덴조 사원에 갔을 것이다. 그리고 에르덴조 사원은 추억으로 남아 있을 것이다. 하지만 그의 시에서 체험과 추억은 중요하지 않은 듯하다. 현재 양평에 있는 나와 과거에 에르덴조 사원에 있던 나는 긴장을 이루지 않는다. 문제는 "나는 지금 에르덴조 사원에 없다"라는 문장이 "성립하지 않"는 까닭이다. 그는 문장이 성립하지 않는다고 말했으나, 사실 그 문장이 성립하지 않을 이유는 없다. 부재를 인식하는 자기 자신에 초점을 두면 그렇다. 나는 여기에 있기 때문에 거기에 없는 것이다. 하지만 거기에 없는 나를 양평의 나와 별개로 생각하면 이 문장은 성립되지 않는다. 거기에 없는 나를 여기에 있는 내가 증명할 길이 없기 때문이다. 거기의 나와 여기의 나는 분열된다. "나는 저 지상의 내가 없어지는 것을 알고 있었다"(「파산자」). 말한 사람과 말 속의 사람으로 분열되면서, 전자는 후자를 놓아준다. 후자의 나는 문장 속의 나이면서 동시에 에르덴조 사원을 한때 방문했으나 지금은 어디에 있는지 알 길이 없는 나이다. 말하는 나는 그 부재를 파악하기보다는 어디 있는지 모를 그의 고독과 고통을 가늠한다. "나는 에르덴조 사원에 없다는 말이 꼭 성립해야 하는가"라는 의문은 문장 속의 나를 풀어주는 동시에 독자로 하여금 나의 행방불명에서 배어나오는 슬픔을 맛보게 한다.

말하는 이의 기득권을 반쯤 포기하고 말해지는 이의 처지를 헤아리면서 진술 속도는 느려진다. "나는 지금 에르덴조 사원에 없다"라는 진술은 사건을 예기하지만 그다음 행은 "이 문장은 성립하지 않고 시상이 전개되지 않는다"이다. 사건의 시간 속으로 몰입하려 하는데, 그 사건을 말하는 시간이 개입한다. 이와같은 방해는 간혹 뒤틀린 문장으로 드러나기도 한다. 가령 "소리는 사라지고 벌써 있지 않다"(「옥수수수염귀뚜라미의 기억」)를 의역하면 '소리는 벌써 사라졌다'일 것이다. 하지만 앞의 문장은 일반언어의 자연스러움을 포기하는 대신 '벌써'로써 과거를 환기하고 "있지 않다"로써 부재를 사유하는 현재를 개입시킨다. 그는 시간이 착종되고 문장이 뒤틀리는 것을 감수하면서까지 문장 속에 갇힌 자신을 환기하며 시 쓰는 현재를 드러낸다.

나는 가끔 이 남양주시 메인도로를 통과했다
남양주시는 모른다, 이런 문장은 맞는 문장이 아니다
나는 이 안되는 문장을 계속 만들려고 한다
나는 남양주시가 남양주시청과 남양주경찰서를
결코 모른다는 생각, 나는 이 이상한 생각에 막힌다
— 「비정치적 남양주시」 부분

이 지상의 마지막 저녁 해가 지고, 이 시를 발표할 땐
과거형으로 고쳐야 할까? 서쪽 하늘을 쳐다보는 이곳은
지구의 북반구 극동 반대편보다 이미 일몰을 맞는
서울 동쪽 작은 구릉,

정치와 시는 언제나 맞은편에서 미래의 이곳을 본다
나는 순간, 이 나라를 입에 담고 싶지 않아졌다
고 말하고, 사진기를 어루만진다

                        —「서서 별을 사진찍다」 부분

   시집 『나는 에르덴조 사원에 없다』에서 시 쓰는 현재가
드러나는 부분을 찾는 일은 그리 어렵지 않다. 이를 강한
자의식의 표현이라고 이해하는 것은 온당하지만 충분하다
고는 할 수 없다. 그것은 시인의 자부심을 드러내기 위해
쓰이기보다는 시 쓰는 순간 세상과 말이 부딪쳐 어떻게 말
이 패배하는지를 보여주려는 듯 그 자리에 있다. 시 쓰는
순간의 개입은 그의 말을 단호하게 이끌기보다는 주저하
게 한다. 가령 「비정치적 남양주시」에는 틀린 문장을 적고
그래도 어떻게든 문장을 만들려고 하는 그가 그려져 있다.
이 과정에서 말의 진행은 더뎌진다. 「서서 별을 사진찍다」
에는 지금 이 순간이 언젠가는 과거가 되리라는 인식이 드

러난다. 이 인식에는 여유가 아니라 체념이 묻어 있다. 그는 시간이 흐르면 불안정한 현재가 안정되기보다는 박제된다고 여기기 때문이다.

틀린 문장이라고 생각하건 과거형으로 고쳐야 한다고 생각하건 이들은 일반언어의 문법에 기대어 내린 판단이다. 그는 일반언어, 즉 공동체의 규율에 맞춰 시 쓰기를 생각하고 있다. 그러나 바꿔 생각하면 시 쓰는 순간의 삽입은 일반언어의 규율에 균열을 내는 작업이기도 하다. 그는 그 규범의 세계에 그대로 안착하는 것이 아니라 자신의 방법으로 그 안에 균열을 내고 있기 때문이다.

그래서 두 편의 시에 걸쳐 있는 '정치적'이라는 말도 일반언어, 즉 공동체의 규율로 읽힌다. 둘 이상이 모여 공동체를 이루면 규율과 윤리와 정치가 생긴다. 일반언어의 규율에 기대어 사태를 판단하지만, 남양주시의 비정치성, 정치의 관할영역을 넘어서는 "미래의 이곳"의 설정은 그 공동체를 교란한다. 그가 지우고 고쳐쓰는 시가 정치의 "맞은편"에 있고, 경찰서나 시청을 모르는 남양주시를 비정치적이라고 표현하더라도 사정은 마찬가지이다. 협소한 뜻을 반대편에 배치할 때 그에 대응하는 시의 자리도 협소해진다. 그가 시 쓰는 시간을 드러내며 말문이 막히는 까닭도 이 명확한 반대 관계를 통해서는 설명할 수 없는 기운을 감지해서일 것이다. 남양주시는 '개체'의 언어가 닿을

수 없는 곳에 있어서 비정치적이다. 또한 지금 이곳의 '피
사체'를 찍기 위해 사진기를 어루만지는 것도 정치의 영역
을 벗어난 곳에 그것들이 있기 때문이다.

> 문득, 통화권이탈지역으로 들어오고 말았다
> 소란한 세상을 닫아걸 잎들의 무늬를 읽는다
> 그대 잠시 두리번, 결락된 감각을 찾는가
> 소리없는 엽록체의 통화권이탈지역은
> 동물들의 울음과 이동이 찍히지 않는 영토
> 이 영역은 우리에게 불가침지역에 해당하며,
> 소통의 소란은 작은 묵상도 헝클어놓는다
> 나는 주머니 속의 열쇠를 저 밖으로 던진다
> 고리가 열리고 날개가 파닥이면 나는 그제사
> 그들의 이름을 부를 기회를 놓치게 된다
> (…)
> 여기서 그 모든 분란의 소통은 차단되었다
> 빛은 떠나고, 혼돈이 거니는 어둠 한쪽
> 완전 통화권이탈지역에서 너와 나는 오래전
> 서로 잃어버린 것을 조용히 만지고 있다
>
> —「통화권이탈지역」 부분

그는 통화권이탈지역에 들어선다. 그곳에서는 공동체가

유발하는 '소통의 소란'을 벗어날 수 있으며 일반언어가 돌보지 않던 '잎들의 무늬'와 '결락된 감각'을 찾을 수 있다. 그는 '그제사' 소란을 야기하는 이들의 이름을 부를 기회를 놓치게 된다. 이름을 벗어던진 그곳에서 그는 혼자만의 시간을 가지고 자신과 비슷한 처지에 있는 "내부의 분석을 원치 않"는, "빛과 어둠으로 일생 한두 차례 말하"는 것들을 본다(「꼭 말해야만 하나요?」). 그런데 그는 혼자만의 시간을 '고요'라고 하지 않고 '혼돈'이라고 표현하고 있다. 그에게 고요와 소란은 반대 뜻이지만 고요와 혼돈은 같은 뜻이다. 다만 어찌할 수 있음과 어찌지 못함의 차이가 이 둘을 가를 뿐이다. 그는 혼돈을 어찌할 수 없이 수용하고, '혼돈이 거니는 어둠' 속에서 현재의 불안함을 드러내는 대신 과거의 기억들을 불러들인다. 마치 정돈된 과거형의 문장 사이에 시 쓰는 현재를 삽입하여 그 뜻을 쉽게 파악하지 못하게 하는 것과 같이, 그는 현재의 순간과 '서로 잃어버린 것'을 대면시켜 혼란을 유발한다.

실제로 『나는 에르덴조 사원에 없다』가 이전 시집과 가장 다른 점은 혼자 있는 시간의 빈번한 노출이다. 그는 내부로 침잠하고 있다. 이전의 현실을 고발한 생태시나 북이 배경인 시를 염두에 두면 고형렬은 이제까지 자신을 둘러싼 세계에 대한 관심을 놓지 않았다고 할 수 있다. 바로 전 시집인 『밤 미시령』의 분위기도 그 까닭에 지금보다는 덜

쓸쓸했다. 그러나 이번에는 사라지거나 소외된 것들에 관심이 쏠려 있다. 푸른미선나무 달개비 형광물고기 옥수수수염귀뚜라미 자생란 등, 이들은 시의 분위기를 웅성거림으로 채우기보다는 이들을 발견할 정도로 고요한 혼자만의 시간을 환기한다.

십년 전 시집에 실린 「고양시 백석동 1344 서안아파트 505동 703호」(『김포 운호가든집에서』, 창작과비평사 2001)에서 그는 "어머니도 아내도 없는, 밖에 멀리 봄이 오는 텅 빈 절간 같은 방에 혼자 남아" 있었던 적이 있다. "가구처럼" 할 일 없이 남아 있는 그가 하는 일은 가족을 생각하는 것이었다. 그는 옆에 없는 아이와 어머니와 아내를 생각하고 또 기억을 되살리며 공동체의 일원이 되었다. 그러나 이번 시집의 「손톱 깎는 한 동물의 아침」에서는 비록 그때와 똑같이 혼자 아파트에 남아 있기는 하지만 가족에 대한 생각은 표현되어 있지 않다. 오직 흐린 날 발톱을 깎으며 자신이 동물에 지나지 않는다고 여기는 한 사람이 있을 뿐이다. 아니, 더 나아가 그는 "내가 동물의 기억을 하는 것이 아니라/원래 나의 동물이 인간의 나를 기억하겠느냐"는 생각에 미친다. 혼자 남겨진 시간에 그는 타인과의 관계를 끊고 자신을 버린 뒤 말이 필요없는 동물성을 끄집어낸다.

젖은 신문처럼 젖어버린 한 시간이

쭈그려앉아 콩나물을 다듬는다
시간은 손톱으로 꽁지를 끊는다
나는 유리창처럼 낯선 시간이 된다
시간은 옛날 물레의 모습으로
흐린 창가에 아침부터 앉아 있다
실로 현생의 시간은 눈처럼 가까워
시간은 과거를 기억하지 않는다
시간은 한 남자의 시간이 아니다
어두운 베란다 창가에 시간은 혼자
무릎을 세우고 원숭이처럼 앉아
한 양푼의 콩나물을 다듬고 있다
명태 눈껍질 같은 콩나물 눈껍질
콩나물 눈껍질 같은 시간의 눈동자
한낮처럼 창밖을 지나가는 생은
텅, 두개골과 등뼈로 앉아 있다
낯익은 시간만 빈 몸으로 남아 있다

—「시간」전문

그에게 시간은 보내는 것도 쓰는 것도 아니다. 그 대신
시간은 그와 마주하고 있기도 하고 겹쳐 있기도 한다. 그
는 자신을 비우고 "빈 몸으로 남아 있"는 시간을 그 자리
에 앉힌다. 시간은 콩나물을 다듬고 있다. 콩나물 눈껍질

과 명태 눈껍질 안에 있는 시간의 눈동자가 뼈로 남아 있는 그의 생을 바라본다. 육신은 사라지고 뼈로만 남아 있는 한 사람의 생을 보면서, 시간은 골상을 관찰하며 그 주인의 성격과 기질을 판단하는 골상학자의 역할을 맡는다. 시간이 보고 있는 그는 자주 혼자 있으며 말의 세계에 갇히거나 내부로 침잠한다. 골상학자는 대상이 다른 대상과 이루는 관계보다는 대상의 모습에서 개성을 추출하는 데에 관심이 있다. 그의 최근 모습이 시간을 골상학자로 만든 것이다. 시간이라는 골상학자의 눈에 비친 그는 과거가 없으며 미래가 없으며 공동체를 벗어나 있다. "송장뼈의 송장뼈들"을 인식하며 죽음은 "꿈을 망각으로 처리하기 위한 게임"(「한번 불러본 인간 송장의 노래」)이라고도 말하고 "어떤 기억도 몸을 찾아오지 말길 원했어"(「로마 아침 K호텔에서」)라고 말한 그를 염두에 두면 자연스러운 결과이다. 그에게는 단지 뼈만 남아 있다. 하지만 대상이 없으면 아무것도 하지 못하는 골상학의 속성을 감안하면, 그는 시간을 쓰지는 못하더라도 그것에 압도되지는 않을 것 같다. 말의 한계를 인식하면서도 결국 그는 시를 쓰고 있지 않은가. 그런데 도대체 그의 영혼과 육신은 어디에 있는가. 에르덴조 사원에 없는 나는 지금 어디에 있는가.

金鍾勳 | 문학평론가

에르덴조 사원에 잠깐 머물렀다. 나는 그때 지상의 다른 곳에 있지 않았다. 지금은 양평 집에 혼자 있다. 가끔 내가 없는 에르덴조 사원을 생각할 때가 좋다. 에르덴조 사원이 중심이 된 시절이다.

어떤 청화자(聽話者)가 되는가. 어느 쪽에서 대상이 되었는가. 선택과 형식 때문에 일어나는 시작(詩作)상의 문제들이다. 중심과 오브제가 되지 않은 사물들의 항의를 면할 길 없는 시집을 또 내놓는다.

늘 거울과 언어 앞에 가 있다. 반성 속에 표정을 비추는 것들이 시다. 동물의 마음과 눈동자가 흔들리는 이 거울이 두렵다. 또 식물의 자연과 언어가 다른 시공 속의 저물녘의 투명체처럼 아름답다.

하지만 나는 내일 언어를 잃고 거울 밖에 버려진 노파가 될 것이다. 자연은 저곳에 있고 모든 시인은 상아(喪我)와

소멸 속으로 사라진다. 나의 시 또한 그 자연에서 면피될
수 없다.

지구는 지금 창밖에서 태양계의 춘분점을 지나가고 있
다. 꿈인가. 멀리 있는 시인이여 가을을 쥐어짠, 나의 영혼
을 앗아갈 주정분의 화기(火氣)를 맡고 싶다.

2010년 4월 양평 용문산 동쪽에서

고형렬

창비시선 315

나는 에르덴조 사원에 없다

초판 1쇄 발행/2010년 5월 31일

지은이/고형렬
펴낸이/고세현
책임편집/이상술
펴낸곳/(주)창비
등록/1986년 8월 5일 제85호
주소/413-756 경기도 파주시 교하읍 문발리 513-11
전화/031-955-3333
팩시밀리/영업 031-955-3399 · 편집 031-955-3400
홈페이지/www.changbi.com
전자우편/literat@changbi.com
인쇄/상지사P&B

ⓒ 고형렬 2010
ISBN 978-89-364-2315-5 03810